파도를 넘어, 만나다 나를

파도를 넘어, 만나다 나를

1판 1쇄 발행 2026년 4월 5일

지은이 임다연
펴낸이 배충현
펴낸곳 갈라북스
출판등록 2011년 9월 19일(제2015-000098호)
전화 (031)970-9102 / **팩스** (031)970-9103
블로그 blog.naver.galabooks
페이스북 www.facebook.com/bookgala
이메일 galabooks@naver.com

ISBN 979-11-86518-97-7 (03810)

「이 도서의 국립중앙도서관 출판예정도서목록(CIP)은 서지정보유통지원시스템 홈페이지
(http://seoji.nl.go.kr)와 국가자료공동목록시스템(http://www.nl.go.kr/kolisnet)에서 이용하실
수 있습니다.」

파도를 넘어, 만나다 나를

추천사

"수영장을 넘어 세상이라는 대양으로 나아가는 임다연의 멈추지 않는 레이스를 응원하며."

국가대표 선수가 교수가 되기까지, 그 과정에 담긴 치열한 사유와 도전은 우리 스포츠계의 소중한 자산이다. 임다연은 이 책을 통해 스포츠가 인간의 삶을 얼마나 풍요롭게 바꿀 수 있는지 정직하게 보여준다. 스포츠를 수단이 아닌 목적 그 자체로 사랑하는 사람, 그리고 자신의 삶을 주체적으로 개척하고자 하는 모든 이들에게 이 책을 기쁜 마음으로 추천한다.

_ **유승민** (전 IOC위원, 현 대한체육회 회장)

"안주하지 않고 새로운 영역을 개척하는 임다연의 삶, 그 자체가 우리에겐 커다란 동기부여다."

한 분야에서 최고가 되기도 힘든 세상에서, 임다연은 세계적인 수영 선수로 정상에 섰고 이제는 스포츠윤리라는 새로운 길을 개척하며 최고의 학자로 자리매김하고 있다. 10년이라는 긴 시간 동안 곁에서 지켜본 그녀의 성장은 늘 놀라움의 연속이었다. 자신의 한계를 규정짓지 않고 끊임없이 물살을 가르는 그녀의 기록이, 변화를 꿈꾸는 모든 이들에게 가장 정직한 자극제가 되길 바란다.

_ **김경희** (아레나 코리아 대표이사)

"레인을 넘어 바다로 나아간 그녀의 서사가 우리 모두의 용기가 되길."

학생 선수에서 국가대표로, 다시 지도자와 교수로 끊임없이 자신을 확장해온 임다연의 삶은 그 자체로 하나의 완벽한 레이스다. 그녀는 수영을 통해 삶을 배웠고, 이제는 그 삶을 통해 수영의 가치를 세상에 전하고 있다. 곁에서 지켜본 그녀의 20년은 단 한 순간도 허투루 흐른 적이 없었다. 이 책은 단순히 수영 선수의 성공기가 아니다. 자신만의 물살을 만들고 싶은 이들에게 건네는 가장 뜨겁고도 정직한 응원가다.

_ 전동현 (수영 국가대표팀 코치)

"0.1초를 다투던 풀장과 트랙을 넘어, 이제는 인생의 더 넓은 길을 보여주는 리더로."

찰나의 기록에 모든 걸 걸어야 하는 환경에서 우리는 함께 자랐다. 단거리 선수인 나에게 임다연의 행보는 늘 신선한 자극이었다. 수영장 레인 안에서의 치열함을 넘어, 스포츠윤리학자라는 자신만의 새로운 트랙을 멋지게 완주해 나가는 모습은 동료인 나에게도 큰 동기부여가 된다. 이 책은 단순히 한 선수의 기록이 아니라, 삶의 결정적인 순간에 어떻게 스퍼트를 올려야 하는지 보여주는 정직한 지침서다. 그녀가 뿜어내는 이 건강한 에너지가 다시 달릴 용기가 필요한 모든 이들에게 기분 좋은 자극이 되길 응원한다.

_ 김국영 (전 육상 국가대표, 현 육상 국가대표팀 코치)

"수영장의 레인을 넘어 거친 바다와 강단으로, 멈추지 않고 영역을 넓혀가는 진짜 '철인'"

종목은 다르지만, 물속에서 사투를 벌이며 한계를 넘어야 하는 고통을 누구보다 잘 알기에 임다연의 행보는 늘 남달라 보였다. 안정된 자리를 내려놓고 미지의 바다에 뛰어들 때부터 그녀는 이미 자신만의 레이스를 설계하고 있었다. 선수 시절의 지독한 성실함을 학문의 길로 이어가 결국 교수라는 멋진 결실을 본 그녀의 삶 자체가 나에게도 큰 자극이 된다. 이 책은 단순히 수영 이야기가 아니다. 파도에 휩쓸리지 않고 자신만의 물살을 만들고 싶은 모든 이들에게 건네는 단단한 응원가다.

_ **허민호** (전 철인3종 국가대표, 현 철인3종 플레잉코치)

나는 물에서 나를 배웠다

사람들은 자주 묻는다.

"수영은 언제부터 했어요?"

"그렇게 오래 해도 안 지겨워요?"

"뭐가 그렇게 좋아요?"

나는 대답 대신, 이 책을 쓰기 시작했다.

물속에서 보낸 시간이 인생의 절반이 넘는다.

수영선수로, 코치로, 감독으로, 교수로, 물은 늘 나를 길렀고, 이끌었고, 시험했다.

수영은 단지 몸을 움직이는 기술이 아니다.

수영은 방향을 찾는 일이고, 숨을 참는 훈련이며, 속도보다 리듬을 믿는 선택이다.

삶도 그렇지 않은가.

한 번은, 한겨울의 실내 수영장.

첫 출전이었던 전국대회 예선에서 나는 스타트대 위에 서 있었다.

심장은 미친 듯이 뛰었고, 온몸은 떨렸다.

출발 신호음이 울리고, 물속으로 뛰어든 순간 온 세상의 소리가 사라지고 오직 물과 나만 남았다.

그때 나는 처음으로, 끝까지 나아갈 수 있겠다는 확신을 배웠다.

나는 물속에서 성장했고, 수없이 출발하고, 수없이 실수하며, 결국 끝까지 나아가는 법을 배웠다.

이 책은 수영의 기술을 설명하는 책이 아니다.

수영이라는 언어로 내 삶의 파도와 흐름, 터닝포인트와 터치의 순간들을 기록한 에세이다.

혹시 지금, 당신의 삶이 물속처럼 답답하고 막막하다면

혹은 나아갈 방향을 잡지 못해 허우적거리고 있다면 이 책이 잠시 숨을 고르고 다시 나아갈 수 있는 작은 '부력'이 되어주기를 바란다.

당신의 삶이 어떤 물살을 지나든, 결국 수면 위로 다시 떠오를 수 있다는 믿음.

나의 수영, 나의 삶이 그것을 증명할 수 있기를.

물속에서 나는, 나를 가장 솔직하게 만났다.

이제 당신과 그 이야기를 나누려 한다.

_임다연

차례

1부   준비와 출발 – 물속으로 들어가기

2부 역영과 전진 - 페이스를 찾다

3부 위기와 시련 – 물속에서 숨을 참다

4부 회복과 완주 – 물 밖으로 나오는 길

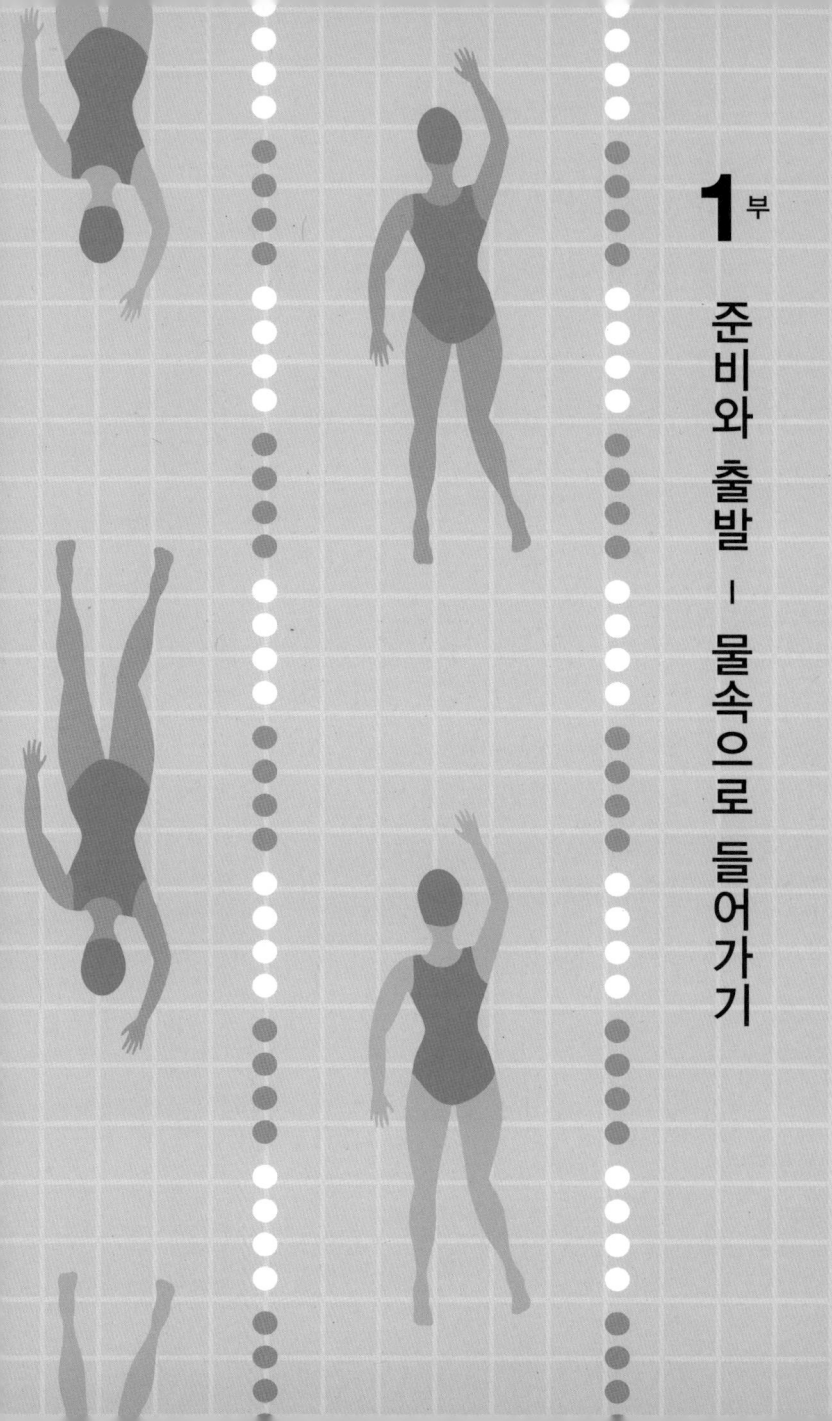

1부

준비와 출발 – 물속으로 들어가기

01. Warm Up

시작 전, 몸과 마음을 푸는 시간

수영을 시작하기 전, 우리는 반드시 웜업을 한다.

웜업은 '데우다'라는 뜻으로 보통 준비운동을 뜻한다.

몸을 풀고, 물과 친해지고, 스스로 상태를 점검하는 시간.

웜업은 경기력 향상을 위한 준비이기도 하지만, 더 본질적으로는 오늘의 나를 마주하는 일이다.

물속으로 뛰어들기 전에 반드시 필요한, 멈춤과 여유의 시간.

그리고 내 인생에도 그런 웜업 같은 시간이 있었다.

수영장 물속으로 처음 몸을 던진 것은 병원의 처방전이 내민 뜻밖의 제안 때문이었다.

어릴 적 나는 빈혈이 심해서 햇볕에 오래 있으면 자주 쓰러지곤 했다. 병원을 다녀온 어느 날, 의사 선생님은 부모님께 이렇게 말했다.

"실내에서 할 수 있는 유산소 운동을 꾸준히 시켜보세요. 수영 같은 게 좋아요."

그 말이 계기가 되어, 일곱 살 내 생일이던 8월 4일,

아빠는 나를 데리고 '도봉실내수영장'으로 갔다.

지금은 사라진 그 수영장. 내 삶의 흐름을 바꾼, 조용한 기적의 시작이었다.

처음 수영장을 마주했을 때, 나는 너무 무서웠다.

물의 깊이, 낯선 냄새, 울리는 소리들까지… 모든 것이 두려웠다.

그날 나는 하루 종일 울기만 했고, 제대로 물에 들어가지도 못했다.

그만두고 싶었다.

하지만 아빠는 다음 날도, 그다음 날도, 또 그다음 날도 나를 수영장에 데려갔다.

"이대로 무서워서 그만두면, 물 공포증이 생길 수도 있어. 괜찮아. 조금씩 익숙해지면 돼."

아빠는 그렇게 나를 설득하고, 다독이고, 기다려줬다.

나의 첫 월업은 단지 몸을 푸는 시간이 아니라,

두려움을 마주하고 마음을 여는 훈련이었다.

아빠의 손을 잡고, 나는 매일 조금씩 물에 익숙해졌다.

그 시간이 쌓여 결국 '수영'이라는 평생의 길을 만나게 된 것이다.

물은 내가 가장 오래 머문 공간이다.

누군가에게는 운동이지만, 나에게는 언어였고, 친구였고, 쉼터였고, 때론 인생의 전장(戰場)이었다.

그렇게 나는 물에서 자라고, 웃고, 울며, 스스로를 단련해왔다.

하지만 그렇게 오랜 시간을 수영장에 머물며 살아왔으면서도, 한 번도 나 자신에게 묻지 않았던 질문이 있다.

"왜 나는 수영을 계속하고 있을까?"

"수영은 나에게 어떤 의미였을까?"

이 책은 그 질문에 대한 나만의 대답이다.

나는 수영을 통해 단순한 기술을 넘어서, 삶을 견디고 살아내는 법을 배웠다.

흐름을 따르되 휩쓸리지 않는 법,

힘을 써야 할 타이밍과 힘을 빼야 할 타이밍을 구분하는 감각, 무게중심을 잃지 않고 물속에서 균형을 잡는 법.

그 중심을 잡는 훈련은 곧, 인생의 중심을 놓치지 않기 위한 연습이었다.

그때는 몰랐다.

매일 훈련하고 경쟁하면서 지친 몸을 이끌고 물속으로 들어가는 일이 언젠가 나를 지탱해줄 힘이 될 줄은.

하지만 지금 돌아보면,

그 모든 순간이 내 안에 어떤 단단함을 차곡차곡 쌓고 있었음을 알게 된다.

이 책은 그런 시간들의 기록이다.

누구도 대신 써줄 수 없었던 나만의 페이스를 찾아가는 여정이자,

넘어지고 다시 일어서는 리듬에 대한 기록.

완성된 서사가 아니라, 여전히 헤엄치고 있는 나의 이야기.

매일 아빠가 내 머리에 수영모자를 씌워주던 그 순간들.

나는 그게 늘 당연한 줄만 알았다.

하지만 이제야 안다.

그 조용한 손길 하나하나가, 내가 물을 두려워하지 않도록 감싸준 사랑의 예열이었다는 걸.

"아빠, 그때는 몰랐어요.

이제야 그 모든 순간이 고맙고, 따뜻하고,

그래서 더 그립습니다."

이 이야기는 나의 인생에서 가장 길고 소중한 웹업이었고, 지금, 그 이야기를 다시 시작하는 출발선이다.

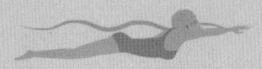

당신의 삶에도 본격적인 헤엄을 시작하기 전,
가만히 몸을 데우던 웜업의 시간이 있었나요?

지금 당신이 느끼는 그 준비의 속도는,
곧 물살을 가르고 나아갈 당신을 가장 힘차게
밀어주는 추진력이 되어줄 것입니다.

02. Take your marks!

출발선 위, 가장 고요한 긴장의 순간

훈련에서든 인생에서든, 나아가기 위해선 반드시 멈춰야 할 순간이 있다.

그 고요한 정지 속에서 방향을 정하고, 마음을 다잡고, 다시 힘을 모은다.

실패와 좌절 속에서도 다시 시작할 수 있었던 나의 출발 신호, 그 순간을 기억하며.

"Take your marks!"

수영에서 출발 직전, 스타트대 위에서 취하는 부동자세. 그 순간, 몸도 마음도 오직 하나의 방향을 향해 정지한 채 집중한다.

수영선수에게 가장 긴장되는 순간이 바로 이때다.

스타트대 위에 올라 총알처럼 튀어나가기 직전, 온몸의 에너지를 하나로 응축한 상태. 심호흡 한 번, 고요 속에서 숨을 들이마시면, "Take your marks"라는 신호에 맞춰 가장 강한 힘으로 앞으로 나아간다.

삶도 이와 같다. 나아가기 위해선, 반드시 고요히 멈춰 서야 하는 시간이 필요하다.

힘을 쓰기 위한 준비, 정지 없이 나아갈 수는 없다.

힘을 쓰기 위한 준비, 방향을 정하기 위한 멈춤.

그 순간은 단지 기다림이 아니라, 인생이라는 레이스를 위한 진짜 출발선이다.

고등학교 3학년.

전국체전에서 3관왕을 차지한 나는, 대회가 끝나기도 전 실업팀으로부터 또래 중 최고의 대우로 계약을 제안 받았다. 어려운 집안 형편 속에서 오직 실업팀 입단만을 바라보며 달려온 고등학교 3년. 드디어 꿈을 이뤘다는 안도감, 그리고 이제 가족에게 조금은 보탬이 될 수 있다는 기쁨에 들떠있던 날들이었다.

그러나 서명한 지 두 달이 채 지나지 않아,

모든 것이 한순간에 무너졌다.

당시 임시로 내 코치를 맡았던 지도자와 실업팀 감독이 내 연봉을 낮추고 다른 선수를 끼워 넣는 방식으로 계약을 바꾸려 한 사실을 아버지가 알게 되었다.

결국 아빠는 그 자리에서 계약서를 찢어버렸다.

서로 문제를 더 키우지 않기로 하고 돌아섰지만, 이미 대부분의 실업팀들이 계약을 마친 시점이었다.

나는 순식간에, 어디에도 속하지 못한 채 붕 떠버렸다.

눈앞이 캄캄하다는 말, 하늘이 무너진다는 말, 그 모든 표현이 정확히 어떤 감정인지 그날 처음 알게 되었다.

울지 않으려 애썼지만, 눈물은 멈추지 않았다.

'난 뭘 잘못한 걸까?'

'왜 나에게만 이런 일이 생기는 거지?'

'나는 그냥, 안 되는 아이인가...?'

머릿속은 부정적인 생각으로 가득했고, 그렇게 나는 스무 살을 맞이했다.

앞으로 무엇을 해야 할지, 수영 외에는 할 줄 아는 게 아무것도 없었다.

하지만 한 줄기 빛은 존재했다.

고등학교 졸업과 동시에 취득했던 생활스포츠지도사 자격증 덕분에, 성동청소년수련관에서 수영 강사로 일할 기회를 얻었다. 왕십리의 수련관, 유아체능단과 실버반 어르신들을 가르치는 파트타임 수업. 처음에는 그저 생계와 훈련비를 벌기 위한 목적뿐이었다.

그런데 아이들이 물속에서 '음파, 음파' 호흡법을 배우며 깔깔 웃는 모습, 어르신들이 웃으며 물장구치는 모습은 어느새 내 얼굴에도 웃음을 머금게 했다.

웃는 법을 잊고 살던 내가, 다시 웃기 시작했다.

매일 새벽같이 일어나 6시간씩 물속에서 수업을 해도, 그 시간이 참 고마웠다.

고단함보다 감사함이 컸다. 웃는 날이 많아질수록 마음속에서 또 다른 욕구가 피어올랐다.

'하나라도 더 가르쳐주고 싶다.'

'조금이라도 더 잘 가르치고 싶다.'

그 마음은 곧 새로운 도전으로 이어졌다. 전문스포츠지도사 자격증, 심판 자격증, 인명구조요원 자격증 등 다양한 자격에 도전했다. 그렇게 쌓아 올린 노력은 2년 뒤, 초등학교 운동부 전임코치와 소년체전 서울시 대표팀 여자선수 전담코치로의 발탁으로 이어졌다.

"D.P 아직도 하시나요?"

종종 듣는 질문이다. D.P는 'Dayoun's Pirates', 내가 만든 수영 클럽의 이름이다.

스무 살 여름, 아이들과 어르신들을 가르치며 새로운 삶의 즐거움에 빠져 있을 무렵, 한 실업팀이 훈련비 일부를 지원할 테니 전국체전에 출전할 생각이 있냐고 제안해왔다.

소속이 있어야 출전할 수 있었던 나는 그 제안을 흔쾌히 수락했다.

그 대회를 계기로 실업팀과 정식 계약을 맺게 되었고, 나는 다시 선수로서 수영장을 누비게 되었다. 그러나 마음 한편에는 여전히 아이들이 남아 있었다. 아이들과의 시간, 그들의 성장, 나를 바라보는 반짝이는 눈동자가 너무 소중했다.

그래서 만든 것이 바로 D.P, 나만의 수영 클럽이었다.

처음엔 '선수반'이라 불렀지만, 사실 대부분은 이제 막 '음파' 호흡부터 배우는 아이들이었다.

하지만 시간이 지나자 아이들은 마스터즈 대회에서 점점 실력을 발휘하기 시작했고, 동료들은 우리 팀을 'Dayoun's Power', 'Dayoun's Promise'라 부르며 기억해주었다.

나는 아직도 그 아이들의 첫 대회를 잊지 못한다.

손에는 땀이, 다리는 후들거리고, 그 어떤 시합보다 긴장된 순간이었다.

목이 터져라 응원했고, 결과와 상관없이 진심으로 격려했다. 그날, 나는 또 하나의 출발신호를 들었다.

이날 이후, 나는 조금 달라졌다.

'더 좋은 선배가 되어야겠다.'

'아이들에게 부끄럽지 않은 어른이 되어야겠다.'

전국체전에 출전할 때면, D.P 아이들이 써준 응원 편지를 지금도 꺼내 읽는다.

그 응원은 내 20대 초반을 버티게 한 힘이었고, 더 좋은 성적을 내고 싶은 원동력이었다.

그 아이들이 있었기에, 나는 더 치열하게 훈련했고, 더 따뜻하게 웃을 수 있었다.

스무 살, 가장 깊은 어둠 속에서 시작된 멈춤의 시간.

그 시간이 없었다면, 코치도, 감독도, 교수도 되지 못했을 것이다.

'Take your marks.' 그 준비의 시간은 나를 다시 달리게 했고, 새로운 인생의 레이스를 시작하게 했다.

혹시 지금,
당신 앞에도 그런 고요한 정지의 시간이
놓여 있지는 않나요?

그 멈춤은, 새로운 출발의 신호일지도 모릅니다.

03. Dive

머뭇거림 없이 뛰어드는 용기

Dive.

수영에서 가장 용기가 필요한 동작이다.

출발대에서 물속으로 몸을 던지는 순간, 되돌릴 수 없다.

맡기고, 던지고, 믿고 나아가야 한다.

인생에도 그런 순간이 있다.

망설임이 있더라도, 결국에는 '뛰어들어야만' 하는 순간.

그해 여름, 나에게도 그런 순간이 찾아왔다.

당시 나는 D.P 클럽 코치와 서울 조원초등학교 운동부 전임 코치를 병행하고 있었다.

아침부터 저녁까지 제자들의 훈련을 챙기고, 경기 준비를 함께하며 코치로서의 역할에 충실하던 시간이었다. 사실 그 헌신의 기저에는 국가대표 선발전에서 마주했던 쓰라린 아픔이, 역설적이게도 내가 지도자로서 발을 내딛게 된 단단한 이유로 자리 잡고 있었다.

선수로서의 삶은 점점 멀어졌고, 나는 이제 지도자의 길에 더 깊이 들어섰다고 생각했다.

정신없이 흘러가던 하루하루 속에서, '선수로 복귀하고 싶다'는 생각이 아주 가끔, 조용히 떠오르곤 했다.

하지만 이내 그 마음을 스스로 지웠다.

'내가 다시 선수가 된다고? 무슨 욕심이람.'

'아이들 앞에서 괜히 헛된 모범을 보일 수는 없지.'

'지도에 집중해야 할 시간에, 나를 위한 선택이라니.'

그렇게 마음을 접었다.

하지만 마음이라는 건, 접는다고 사라지는 게 아니었다.

매일 제자들의 훈련을 지켜보며, 나도 모르게 손끝에 힘이 들어가고, 출발대에서 스타트를 연습할 때면, 몸이 반응하고 있었다.

결국 어느 날, 그 마음을 더 이상 외면할 수 없었다.

'그래, 해보자. 단 한 번만 더 뛰어보자.'

내가 출발대를 다시 밟은 것은, 무모함 때문이 아니라 간절함 때문이었다.

그해 가을, 선수로 복귀했다.

훈련 감각은 많이 무뎌져 있었고, 체력도 전성기 때만 못했지만 몸이 기억하는 흐름과, 마음속 깊은 의지가 나를 이끌었다.

결과는 놀라웠다.

전국체전에서 은메달을 따낸 것이다.

그리고 이듬해 전국체전에서 다시한번 금메달을 목에 걸었다.

물속으로 뛰어들지 않았다면, 절대 만날 수 없었던 장면이었다.

다시 선수로 뛴다는 건 단순한 도전이 아니었다.

제자들에게 보여주는 메시지이기도 했다.

'너희도 하고 싶다면 해봐.

망설여지더라도, 뛰어들면 또 다른 세상이 열릴 수 있어.'

나의 Dive가 제자들에게도 작은 울림이 되었기를 바란다.

물속으로 뛰어드는 건, 겁이 없어서가 아니다.

겁이 나도, 하고 싶은 마음이 그 두려움을 넘어설 때 우리는 뛰어든다.

그게 Dive다.

그게 나의 선택이었다.

그리고 알게 되었다.

망설임 너머에도 여전히 나를 기다리는 더 큰 세계가 있다는 걸.

당신의 삶에도 한 번쯤, 나아가지 못하고
물가에 머물러야만 했던 순간이 있지는 않았나요?

비록 지금은 멈춰 있는 것처럼 보일지라도,
당신 안에는 이미 다음 파도를 향해 뛰어들 충분한
용기가 차오르고 있습니다.

04. Stream Line

저항을 줄이면 더 멀리 나아갈 수 있다

'Stream Line'은 수영에서 가장 기본이자 가장 중요한 자세다.

머리부터 발끝까지 유선형으로 곧게 뻗은 이 자세는 물의 저항을 최소화해 더 빠르고 효율적으로 나아가게 한다.

기술적으로는 단순한 동작일 수 있지만, 정신적으로는 집중과 정돈의 결과다.

불필요한 힘을 빼고, 핵심만 남겨야 가능한 자세.

2016년 10월. 전국체전 여자 자유형 100m에서 나는 생애 최고 기록인 55초91을 기록했다.

그 성과는 분명 기쁜 일이었지만, 대회가 끝난 뒤, 오히려 더 깊은 고민에 빠졌다.

당시 나는 선수와 코치를 겸하고 있었다.

아이들을 더 잘 가르치고 싶었고, 동시에 선수로서 성장하는 내 모습을 제자들에게 보여주고 싶었다.

하지만 마음만 앞섰지, 내 눈에는 내가 여전히 너무 부족해 보였다.

어느 역할 하나에도 온전히 몰입하지 못한 채, 갈증만 커져갔다. 기록은 좋아졌지만, 나의 목마름은 여전했다.

이 갈증을 해소하려면, 지금까지의 방식과는 다른 결단이 필요하다고 느꼈다.

나는 아이들을 믿고 DP팀을 다른 코치님께 잠시 맡긴 채, 새로운 도전을 결심했다.

수영 선진국인 미국이나 호주로 3개월간 전지훈련을 다녀오기로 마음먹었다.

인터넷을 뒤져가며 현지 수영팀을 하나하나 검색했고, 그러던 중 내 마음을 단숨에 사로잡은 곳이 있었다.

미국 서던캘리포니아대학교, USC.

무엇보다도 그곳엔 그 팀을 이끄는 데이브 살로(Dave Salo) 코치가 있었다.

운동생리학 박사 출신의 살로 코치는 USC를 미국 NCAA 최

정상의 팀으로 이끈 명장이자,

국제수영연맹이 주최하는 세계선수권과 올림픽에서 미국 여자대표팀 감독을 맡은 지도자였다.

나에게는 더할 나위 없이 이상적인 '배움의 대상'이었다.

하지만 마음속엔 두려움이 피어올랐다.

'이렇게 세계적인 지도자가, 나 같은 선수의 훈련 요청을 받아줄까?'

USC 수영팀은 아무나 들어갈 수 있는 팀이 아니었고, 지원 자격도 까다로웠다.

다행히도 나는 FINA B기록을 통과한 선수였고, 55초 기록은 A기록에 근접했기에, 입단신청서를 제출할 자격은 있었다.

나는 조심스럽게 신청서를 작성했다.

전국체전 경기 영상, 선수 프로필, 그리고 진심을 담은 자기소개서를 하나하나 정성껏 준비해 데이브 살로 코치에게 보냈다.

그리고… 답장을 기다렸다.

마음이 하루하루 조여왔다.

일주일쯤 지났을 무렵, 드디어 도착한 답신.

손끝이 떨렸다. 조심스럽게 마우스를 클릭했다.

"우리와 함께 해도 좋다. 함께 훈련할 날을 기다리겠다."

그 한 문장에, 가슴이 벅차올랐다.
바로 그날, 나는 비행기 티켓을 예약했다.
하루라도 더 빨리 그곳으로 가고 싶었다.

USC에서의 3개월은 내 30년 인생 중 가장 깊은 치유이자, 가장 온전한 몰입의 시간이었다.
아침 8시 입수, 오전 10시 퇴수. 오후 3시 입수, 5시 퇴수.
비시즌이라 야드풀에서 훈련했지만, 그런 건 전혀 문제가 되지 않았다.
오히려 반복되는 루틴이 고맙고 안정적으로 느껴졌다.
오로지 수영에만, 온전히 나에게만 집중할 수 있었던 나날들이었다.

훈련장은 내게 또 하나의 놀라움이었다.
라이언 록티, 코너 드와이어, 해일리 앤더슨, 블라디미르 모로조프 등 세계 정상급 선수들과 같은 레인에서 훈련을 할 수 있었던 것.
그들의 몸짓, 훈련에 임하는 자세, 물을 대하는 태도는 모든 순간이 나에게 자극이자 배움이었다.

데이브 살로 코치의 지도는 기대 이상이었다.

그는 나에게 물속에서의 매 동작에 집중하는 법을 가르쳐주었다.

벽을 찰 때, 돌핀킥을 찰 때, 스트로크를 할 때, 터치패드를 찍는 마지막 순간까지… 모든 동작에 의미를 부여하고 집중하라.

훈련 방식도 새로웠다.

예를 들어, 내 약점이었던 스타트와 킥을 보완하기 위해 메디신볼을 들고 배영킥을 차게 하거나,

스타트 직후 바닥을 차고 떠오르며 돌핀킥을 이어가는 훈련을 시켰다.

한국에서는 한 번도 해보지 않았던 훈련들이었다.

'이건 돌아가면 아이들에게도 꼭 전해줘야지.'

그렇게 배우고 익혔다.

훈련의 성과는 놀라웠다.

귀국 전, 미국에서 열린 수영대회에 출전해

자유형 50m 2위, 100m 1위라는 기대 이상의 결과를 얻었다.

하지만 내가 진짜 얻은 건 기록이 아니라,

저항을 줄이는 법, 그리고 집중력을 회복하는 법이었다.

그때 내가 미국으로 향할 수 있었던 건, 무언가를 비우고 내려놓았기 때문이었다.

코치로서의 책임감, 한국에서의 일상, 익숙한 시스템과 안정감.

그 모든 것들이 잠시 나를 붙잡았지만, 나는 Stream Line을 취하듯 정리하고 떠났다.

'한 방향만 바라보며, 저항을 최소화하고 나아가는 법.'

그때 배운 그 자세는 물속을 위한 것이 아니라,

삶 전체를 위한 태도였다.

비워냈더니 비로소 흐름이 보였고, 그 흐름 위에서 더 멀리 나아갈 수 있었다.

저항을 줄였더니, 나에게로 돌아올 수 있었다.

더 빨리 가기 위해 오히려 멈추고
덜어내야 할 것들이 있지는 않나요?

그 저항을 겸허히 인정하고 하나씩 내려놓는 순간,
당신을 가로막던 물살은 당신을 밀어주는
가장 부드러운 조력자로 변할 것입니다.

05. Dolphin Kick

깊은 곳에서부터 밀어올리는 추진력

Dolphin Kick.

물속에서 양발을 모아 접영 킥을 차는 동작이다.

수면 아래, 아무도 보지 않는 깊은 곳에서 가장 큰 추진력을 만드는 순간.

멀리서 보면 우아하고 아름답지만, 그 안에는 치밀한 힘 조절과 강한 에너지가 숨어 있다.

삶도 그렇다.

겉으로 보기에 멋져 보이는 순간 뒤에는, 때로는 치열하고 때로는 전략적인 하루들이 촘촘히 깔려 있다.

그 모든 밀도 있는 시간들이, 결국 사람을 앞으로 밀어올린다.

2022년 3월 15일, 김천 전국수영대회 여자 일반부 자유형 50m 결선.

터치패드를 찍고 습관처럼 고개를 들어 전광판을 바라봤다.

내 이름이 가장 높은 곳에 있었다.

믿기지 않았다.

2016년 MBC 전국수영대회 이후, 처음 보는 장면이었다.

얼떨떨한 표정으로 물 밖으로 나왔다.

관중석에서, 동료들 사이에서, "서른한 살의 노장 선수"에게 축하가 쏟아졌다.

하지만 결과를 만끽할 틈도 없이, 서둘러 숙소로 향했다.

도착하자마자 노트북을 켜고 원격 수업 강의 준비에 들어갔다.

그날 예정되어 있던 5시간짜리 체육사철학과 스포츠윤리학 강의.

김천실내수영장에서 웜업을 마치고 돌아와 몇 번이고 들여다봤던 강의 자료를 다시 펼쳤다.

소리 내어 읽고, 놓친 내용은 없는지 다시 체크했다.

수업을 마친 뒤에는 간단히 식사를 하고 다시 노트북 앞에 앉았다.

학과 회의 자료를 정리하고, 학회 투고를 앞둔 논문 원고를 다듬었다.

문장 하나, 표현 하나를 붙잡고 다시 쓰고 또 지웠다.

논문을 제출하고 나니 밤 12시가 훌쩍 넘었다.

6년 만에 전국대회 우승을 거머쥔 하루는 우승을 만끽할 틈도 없이 그렇게 끝났다.

그날의 기록은 26초48.

내 최고 기록인 25초65에 비하면 1초 가까이 뒤처진 기록이었다.

완전히 만족스럽지는 않았지만, 현실적으로 예측한 범위 안의 결과였다.

그 대회는 2022년 시즌의 첫 무대였다.

그래서인지 준비하는 내내 복잡한 생각이 떠나지 않았다.

몸보다 마음이 먼저 지쳐가는 느낌이었다.

나는 7살에 수영을 시작했고, 11살에 전문 선수로 등록했다.

이제는 실업팀 생활 12년 차.

31세. 은퇴해도 이상할 것 없는 나이였다.

체력은 예전 같지 않고, 한 번 다쳤던 부위는 아직도 내 맘처럼 움직여주지 않았다.

게다가 교수로 재직 중인 나는 강의와 연구, 행정 업무로 훈련 시간조차 확보하기 어려웠다.

하루 1시간.

그것이 내 '선수'로서의 훈련 전부였다.

퇴근하고 수영장으로 달려가 겨우 1시간 물속에 머무르는 삶.

일반인들의 자유 수영 수준과 크게 다르지 않았다.

그렇게 부족한 준비 속에서 '이제 그만해야 하는 건 아닐까' 하는 생각이 점점 마음 한쪽에 자리를 잡기 시작했다.

그 무렵, 우연히 본 드라마 속 대사 한 줄이 마음에 박혔다.

김태리 배우가 나오는 「스물다섯, 스물하나」에서였다.

"잘 생각해봐. 발레가 재밌었는지, 칭찬받는 게 재밌었는지.

칭찬받는 게 좋았다면 그만둬도 돼.

근데 발레가 좋았다면 다시 생각해."

TV를 보다가, 그 장면에서 갑자기 눈물이 왈칵 쏟아졌다.

내 마음이 무너지는 소리가 들리는 것 같았다.

나는 여전히 수영이 좋다.

수영 때문에 욕도 많이 먹었고, 교수라는 타이틀 아래 곱지 않은 시선을 받기도 하지만 그럼에도 여전히 수영이 좋다.

그래서 스스로에게 물어본다.

"수영을 그만두면 수업을 더 열심히 할까?"

"논문을 더 많이 쓸 수 있을까?"

"더 많은 연구를 따낼 수 있을까?"

그리고 늘 대답은 같다.

"아니요."

어쩌면 이 모든 말들은 물러나야 할 때를 모르는 노장 선수의 자기합리화일지도 모른다.

이기적이고, 집착처럼 보일지도 모른다.

하지만 그것이 나의 진심이다.

나는 오늘도 아침 6시에 학교에 출근해 저녁 6시에 퇴근하고, 그대로 수영장으로 향한다.

그리고 다시 집으로 돌아와 수업 준비와 논문 작성을 위해 밤을 새운다.

그 모든 루틴의 동력은 단 하나, 수영이 좋기 때문에.

이번 김천 대회에서 따낸 금메달은, 마치 하늘이 건넨 작은 선물 같았다.

좋아하는 것을 놓지 않고 살아온 나에게 건넨 작은 응원. 하지만 그날, 금메달이 없었더라도 나는 충분히 행복했을 것이다.

하루 동안 계획한 모든 일을 했고, 무엇보다 내가 좋아하는 수영을 마음껏 했으니까.

누군가는 지금 내 삶을 부러워할 수도, 누군가는 시샘하거나 비웃을 수도 있다.

하지만 나는 알고 있다.

이 삶을 가능하게 해준 건 깊은 곳에서의 'Dolphin Kick'이었다.

보이지 않는 물속에서, 누구도 알아주지 않는 시간 속에서 나는 조용히 강약을 조절하며 밀어올렸다.

그 모든 축적이 나를 다시 수면 위로, 그리고 앞으로 나아가게 했다.

지금 당신에게도 타인의 눈에는 보이지 않는,
오직 자신만이 묵묵히 채워가는 시간이 있나요?

수면 아래에서의 그 치열한 발버둥은
결국 가장 결정적인 순간, 당신을 세상 위로
가장 높이 밀어 올리는 강력한 부력이 될 것입니다.

06. Break Out

물을 깨고 나오는 순간

Break Out.

수영에서 이 용어는 입수 후 수중 잠영을 마치고 수면 위로 올라오는, 말 그대로 '물을 깨고 나오는' 순간을 뜻한다.

수면 아래는 고요하다. 하지만 그 고요는 정지된 시간이 아니라, 강한 추진력을 얻기 위해 모든 것을 끌어모으는 집중의 시간이다. 정렬하고, 가다듬고, 숨을 모은다. 그리고 마침내 타이밍이 왔을 때, 물살을 가르며 위로 뛰어오른다.

삶도 그렇다.

드러나기 전엔 보이지 않지만, 그 안에서 치열하게 준비된 사람은 결국 물을 깨고 올라올 수 있다.

그리고 나의 Break Out은, 물이 아니라 '강단' 위에서 시작되었다.

스물여섯, 내 생애 첫 강의.

대학 운동부 학부생들을 대상으로 한 수업이었다.

씨름부와 축구부 학생들. 나보다 어린 후배들이었고, 나 역시 선수 출신이라 공감대를 형성하기 좋았다.

수업은 무난히 진행되었고, 덕분에 자신감을 얻었다.

그다음으로 배정된 강의는 달랐다.

청소년 대상이 아닌, 현직 운동부 지도자들.

그것도 대부분 30대에서 50대 중반.

나보다 적게는 10년, 많게는 30년 가까이 인생의 선배들이었다.

긴장됐다.

그들이 볼 때 나는 얼마나 어리고, 얼마나 가벼워 보일까?

의자에 깊숙이 기대어 앉은, 다소 무심한 표정의 선생님들 앞에 서자 순간 움찔했지만, 나는 경기 전 소집실의 신경전을 떠올렸다.

쫄면 진다.

나는 호흡을 다듬고, 마치 스타트 신호가 울린 것처럼 강의를 시작했다.

내가 가장 좋아하는 순간은 자기소개다.

"안녕하세요, 오늘 스포츠윤리 교육을 맡은 임다연입니다."

조금은 어색한 박수가 터지고, 사람들의 시선이 모인다.

이어서 나는 이렇게 말한다.

"저는 일곱 살에 운동을 시작했고, 지금도 현역 선수로 활동하고 있습니다."

그 순간, 무심하던 눈빛들이 변한다.

'이 강사, 뭔가 다르네?' 하는 분위기.

그다음엔 늘 퀴즈를 낸다.

"자, 그럼 제가 어떤 종목의 선수일까요?"

가장 많이 나오는 답은 "골프"다.

셔츠나 블라우스를 입고 팔을 걷으면, 햇볕에 그을린 팔 때문에 그렇다.

피부가 까무잡잡한 나는, 늘 야외 종목 선수로 오해받는다.

배드민턴, 테니스, 양궁, 피겨, 리듬체조…

심지어 복싱이나 역도, 다이빙이란 대답도 있었다.

가끔은 나를 알아보는 분도 있다.

"수영선수요!"라고 먼저 외쳐주는 분들을 만나면, 괜히 뿌듯해진다.

그때마다 나는, 물 밖으로 떠오른 느낌을 받는다.

강의는 쉽지 않다.

자신의 딸뻘 되는 강사에게 '윤리'를 배우는 것이 처음엔 다소 불편하고, 어색하고, 반감이 들 수 있다는 걸 안다.

게다가 결국 하고 싶은 말은 이거다.

"나쁜 짓 하지 말고, 착하게 사세요."

말은 쉽지만, 전달은 어렵다.

그래서 나는 전략을 짠다.

먼저 그들의 노고를 인정한다.

"저는 여러분이 얼마나 고생하시는지 잘 알고 있어요."

이 말은 내 진심이다. 나도 선수였고, 지도자였고, 현장을 잘 알기에 진심이 통한다.

다음은 그들의 역할을 재정의해준다.

단순한 코치가 아니라, 한 명의 지도자가 스포츠 전체에 영향을 미칠 수 있는 사람임을 상기시킨다.

자신의 영향력을 인지한 순간, 사람은 달라진다.

그리고 마지막으로, "착하게 사세요"는 절대 직접 말하지 않는다.

강의 마지막 슬라이드 한 장에 담기 위한 복선을 그 앞의 30장에 걸쳐 하나하나 깔아둔다.

결국 그들이 스스로 깨닫게 만드는 것,

그게 내 방식이다.

강의가 끝나면 늘 변화가 생긴다.

표정이 달라지고, 질문이 쇄도하고, 태도가 열린다.

그런 순간마다 나는 생각한다.

"이게 나의 Break Out이구나."

한때는 거울 앞에서 어설픈 연습을 했고, 말투, 표정, 타이밍까지 혼자서 점검했다.

그 시간이 있었기에 지금, 나는 "스포츠윤리 전문가"라는 말을 들을 수 있다.

사람들은 종종 '드러나는 순간'만 본다.

하지만 진짜 중요한 건, 그 전이다.

물속에서 힘을 비축하고, 방향을 잡고, 타이밍을 기다리는 시간.

나의 Break Out은, 그렇게 찾아왔다.

눈에 띄지 않는 시간들 속에서, 나는 조용히 물을 깨고 올라왔다.

지금도 나는 또 다른 브레이크아웃을 준비 중이다.

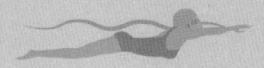

지금 당신이 머무는 그 숨 막히는 고요는,
어쩌면 더 높이 솟구치기 위해 가장 적절한 깊이를
찾아가는 시간일지도 모릅니다.

망설임 없이 수면을 깨고 나오는 그 찰나의 순간,
당신만의 브레이크아웃은 당신의 삶을 완전히
새로운 속도로 이끌어줄 것입니다.

07. Pre-Set

본 훈련 전, 리듬과 컨디션을 점검하는 시간

수영훈련에는 'Pre-Set(프리셋)'이라는 단계가 있다.

본 훈련으로 들어가기 전, 몸을 데우고 호흡을 맞추고 리듬을 조율하는 시간.

본격적인 메인 훈련에 들어가기엔 이르고, 그렇다고 가볍게 흘려보낼 수도 없는, '준비와 마음가짐'이 가장 정교하게 만들어지는 순간이다.

프리셋의 동작들은 작고 단순하다.

천천히 킥을 차고, 팔을 휘저으며 물의 감각을 깨우고, 오늘의 컨디션이 어디쯤 있는지 내 몸과 대화를 나눈다.

조금 무거운지, 조금 더 가벼운지, 물은 나에게 항상 솔직하게 대답해준다.

그런데 어느 날 나는 깨달았다.

수영장에서만 프리셋이 필요한 게 아니라는 걸. 인생에서도 중요한 선택 앞에는 반드시 '나만의 리듬을 확인하는 시간'이 필요하다는 걸.

게다가, 그때 나는 인생의 첫 분기점 앞에 서 있었다.

고등학교를 졸업한 뒤, 나는 교직 이수를 고민했다.

체육교사가 되면 안정적이었고, 모두가 응원해줬다.

특히 여자 운동선수로 살아가는 길이 쉽지 않다는 걸 누구보다 잘 알고 있던 부모님은 늘 말했다.

"다연아, 선생님 되는 게 얼마나 좋아.

운동은… 너무 힘든 길 아니니?"

주변 사람들의 말은 다 합리적이었다.

실업팀 계약이 파기되고 앞으로의 진로가 불투명해진 그 시기, 나는 안정적인 선택을 하고 싶은 마음도 컸다.

"그래, 그냥 임용 시험 준비할까?"

"훈련에서 벗어나 조금 쉬고 싶다."

이런 생각들이 하루에도 몇 번씩 머릿속을 맴돌았다.

하지만 묘하게도, 그 시기만 되면 수영장 특유의 락스 냄새와 젖은 바닥의 촉감이 떠올랐다.

새벽마다 머리를 묶어주던 아빠의 손길, 출발대 위의 떨림,

물속에서의 고요한 세계.

내 몸은 이미 어떤 방향으로 가야 할지 알고 있는 듯했다.

문제는 내 마음이었다.

나는 매일 밤 스스로에게 작은 질문을 던졌다.

"진짜 내가 원하는 건 뭘까?"

"남들이 보기에 안정적인 길이, 정말 내 길일까?"

"수영은 끝났지만… 나는 정말 완전히 떠나도 괜찮을까?"

정답은 쉽게 나오지 않았다.

그럴 때마다 나는 마음속에서 프리셋을 했다.

수영훈련 전처럼, 호흡을 고르고, 나를 가벼운 상태로 만들어보려고 했다.

그리고 어느 날, 아주 조용한 깨달음이 찾아왔다.

"나는 불확실해도 괜찮아.

하지만 후회하는 건 싫어."

바로 그 순간이었다.

나는 교육대학원에 진학하기로, 그치만 교사가 아닌 스포츠를 계속 붙잡기로 결심했다.

안정성보다 '나의 리듬'을 따르기로 한 첫 선택이었다.

그 선택은 나의 레이스 전체를 바꿔놓았다.

그 이후 나는 다시 수영장으로 돌아갔고,

코치가 되었고, 대표팀 선수들과 훈련했고, 결국 스포츠윤리학을 전공하는 연구자가 되었다.

프리셋 같은 작은 결심 하나가 내 인생의 방향을 완전히 바꾸어 놓은 것이다.

그때 만약 주변의 기대에 밀려 안정적인 길을 선택했다면,

지금의 나는 없었을지도 모른다.

사람들은 인생을 뒤흔드는 변화가 거대한 사건에서 시작된다고 생각한다.

하지만 나는 안다.

내 삶에서 가장 큰 전환점들은 언제나 '아주 작은 사전 동작'에서 시작됐다는 것을.

물속에서 리듬을 조율하던 그 미세한 순간들처럼 인생의 중요한 선택 앞에서도 우리에게 필요한 건 거대한 용기가 아니라

나의 속도와 호흡을 하나씩 확인해보는 일이다.

중요한 결정을 앞두고 흔들릴 때, 나는 늘 프리셋을 떠올린다.

남들이 원하는 속도가 아니라 지금의 나에게 맞는 리듬을 찾아가는 시간.

그 조용한 조율의 순간이 나의 다음 레이스를 결정해주었다.

남들보다 뒤처진다는 불안함이 엄습할 때,
당신은 당신만의 리듬을 온전히 점검하고 있나요?

나를 점검하는 그 고요한 시간이 깊을수록,
당신이 마주할 변화의 파도는 당신을 덮치는
위협이 아니라 당신을 멀리 실어 나르는 최고의
동력이 되어줄 것입니다.

2부

역영과 전진 - 페이스를 찾다

08. Catch

기회를 잡는 감각

수영에서 Catch는 물을 처음으로 감지하고 잡아당기는 동작이다.

손끝이 앞으로 뻗어간 후, 물을 끌고 오는 첫 순간.

이 작은 순간이 없으면, 앞으로 나아갈 수 없다.

Catch는 결국 '느낌'이다. 눈으로 확인되는 것도, 머리로 이해되는 것도 아닌 몸으로 감지하는 아주 미세한 감각.

그래서 수영을 할 때 코치들은 자주 이렇게 말한다.

"물 좀 잡아봐."

인생에서 그런 순간이 있다.

이게 기회인지 아닌지 분명하지 않지만, 뭔가 온몸으로 '느껴지는' 순간.

나에게 그랬던 첫 번째 Catch는 팀 창단의 순간이었다.

대학을 졸업하고 실업팀 계약이 파기되었을 때, 나는 진공 속에 놓인 기분이었다.

수영이 사라지면 나는 누굴까.

이 물 밖의 세계에서 나는 무엇을 할 수 있을까.

그러다 우연히, 정말 우연히 수영 강사를 시작하게 됐고 그 강습이 점점 선수를 양성하는 코칭으로 연결되었다.

어느 날 문득 이런 생각이 들었다.

'왜 내 팀을 만들면 안 되는 거지?'

그때까진 나 같은 젊은 강사가 수영팀을 만든다는 건 상상조차 어려웠다.

운영비, 장소, 제도, 지도경력… 어느 것 하나 쉬운 것이 없었다.

하지만 이상하게도, 그때의 나는 주저하지 않았다.

Catch는 그런 것이다.

의심보다 감각이 앞설 때 오는 직관.

나는 바로 실행에 옮겼다.

팀 이름은 D.P. - Dayoun's Pirates.

수영을 잘하는 아이들보단, 물을 무서워하지 않는 아이들을 모았다.

부모님들의 동의서를 받고, 매일 아침과 저녁을 훈련에 쏟았다.

비공식 팀이지만, 하나의 공동체가 되어가는 과정이 너무나도 벅찼다.

그리고 서울의 한 초등학교 운동부 코치 자리 제안을 받았다.

경력있는 지도자가 아니면, 운동부 전임 코치 자리는 거의 어렵다는 말들이 있었지만 나는 도전했다. 면접을 보고, 훈련 계획서를 써서 제출하고, 내가 지금까지 만든 결과물로 정면 승부를 했다.

그리고 합격했다.

이후엔 감독, 심판, 교수…

돌이켜보면 많은 기회들이 있었고, 그 기회들을 '쥐는 순간'들이 있었다.

기회는 때때로 큰소리로 오지 않는다.

때로는 아주 조용히, 눈빛 하나, 제안 하나로 다가온다.

결국 그걸 '잡을 수 있는가'는 내가 얼마나 몸을 열고 있는가에 달려 있다.

Catch는 눈이 아니라 손끝으로, 그리고 감정으로 느껴야한다.

지금 내 앞에 있는 이 일이, 내가 오래 기다려온 기회일지도 모른다.

당신의 삶에도 물의 무게가 손바닥에
온전히 느껴지던 그 '캐치'의 순간이 있었나요?

어쩌면 지금 당신의 곁을 스쳐 지나가는
아주 작은 예감조차, 당신의 인생을 완전히
다른 속도로 이끌어줄 소중한 '기회'의
시작일지도 모릅니다.

09. Pull / Kick

서로 다른 힘의 조화

수영에서 'Pull'은 상체의 힘으로 물을 끌어당기는 동작이고, 'Kick'은 하체로 물을 밀어내는 동작이다.

팔과 다리는 전혀 다른 역할을 하지만, 둘 다 없으면 앞으로 나아갈 수 없다.

힘을 내는 방식도, 타이밍도, 사용하는 근육도 다르지만 이 두 가지가 조화를 이루는 순간, 수영은 완전히 달라진다.

수면 위를 미끄러지듯 나아가는 느낌, 그건 Pull과 Kick이 맞아떨어졌을 때 오는 감각이다.

가끔은 인생도 그렇다.

정반대의 힘들이 충돌하는 것처럼 느껴질 때, 사실은 그 두 힘이 균형을 이루어야만 앞으로 나아갈 수 있다는 걸 뒤늦게 깨닫게 된다.

나는 '선수'였고 동시에 '코치'였다.

'배우는 사람'이었고 동시에 '가르치는 사람'이었다.

누군가에겐 이끄는 리더였고, 또 다른 누군가에겐 따르는 팔로워였다.

처음엔 이 모든 게 충돌처럼 느껴졌다.

선수로서 나에게 필요한 훈련 강도와 루틴이 있고, 코치로서 팀 전체를 생각해야 하는 균형감각도 필요했다.

내 연구를 위해 밤을 새워야 했지만, 아침엔 선수들이 몸을 풀게끔 훈련을 시켜야 했다.

몸도 마음도 늘 찢어지는 느낌이었다.

그렇게 며칠만 지나면 나도 모르게 속으로 말하고 있었다.

"이건 둘 다 할 수 없는 일인데…"

그런데 어느 날, 시합이 끝난 후 숙소에서 기록표를 보던 순간 문득 이런 생각이 들었다.

'어쩌면 나는 이 두 개를 동시에 했기 때문에 여기까지 온 걸지도 몰라.'

Pull은 내 안을 단단하게 하는 힘이었다.

공부하고, 글을 쓰고, 생각을 정리하는 시간들.

Kick은 나를 앞으로 밀어주는 힘이었다.

몸을 써서 훈련하고, 팀과 함께 생활하고, 물살을 가르는 감각들.

둘 다 없었다면 지금 나는 없었을 것이다.

완벽한 균형을 맞춘 적은 한 번도 없다.

어느 날은 Pull이 더 세고, 어느 날은 Kick이 지쳐 있었고, 그런 날들을 반복하면서 조금씩 나아갔다.

힘의 조화는 결국, '균등함'이 아니라 '흔들리면서도 함께 나아가는 것'이라는 걸 수영이 알려주었다.

당신의 삶에서도 서로 다른 두 힘이 충돌하며
당신을 잡아당기고 있지는 않나요?

그 어지러운 흔들림은 당신을 무너뜨리려는 시련이
아닙니다. 상체와 하체의 힘이 조화롭게 맞물려
비로소 수면 위를 미끄러지듯 나아가게 할,
당신만의 가장 완벽한 균형을 찾아가는
과정일지도 모릅니다.

10. Split Time

기록, 비교, 그리고 나의 성장

Split Time.

수영에서 구간기록을 뜻하는 말이다.

100m를 헤엄친다면, 50m 지점을 통과할 때의 시간이 곧 Split Time이 된다.

전체 기록만으로는 알 수 없는 흐름과 패턴이 그 안에 담겨 있다.

중반에 지쳤는지, 후반에 치고 올라왔는지.

나아가고 있는가, 멈추고 있는가.

진짜 이야기는 Split Time 속에 있다.

기록을 재는 일은 참 솔직하다.

조금도 속이지 않고, 있는 그대로를 보여준다.

그래서 때때로 잔인하기도 하다.

내가 열심히 했다는 느낌은 있지만 숫자는 늘 기대에 미치지 못할 때가 많기 때문이다.

나는 수영을 하면서 셀 수 없이 많은 기록표를 받았다.

0.01초 차이로 울었던 날도, 예상보다 훨씬 빨라서 어안이 벙벙했던 날도 있다.

그중에서도 가장 기억에 남는 건 누군가와 비교하며 나를 깎아내렸던 시간들이다.

'쟤는 왜 저렇게 잘하지?'

'나는 왜 제자리걸음이지?'

'나도 저 시간에 들어와야 하는데…'

경쟁하다 보면 어쩔 수 없이 비교하게 된다.

그리고 그 비교는 종종 '내가 부족하다'는 결론으로 나를 데려간다.

하지만 나는 조금씩, 아주 천천히 다른 관점을 배워갔다.

Split Time은 비교의 도구가 아니라 내가 나를 이해하는 창이라는 것을.

어제보다 오늘이 얼마나 나아졌는지, 이번 구간에서 내가 어떤 힘을 썼는지, 내가 어떤 리듬에 강하고, 어디서 무너지는지를 알아가는 과정.

결승점을 통과한 기록도 중요하지만, 그보다 더 중요한 건 과정의 리듬과 내 안의 변화였다.

내가 나를 비교하고, 이해하고, 다독이는 시간.

그게 Split Time의 진짜 가치다.

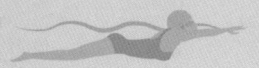

당신은 지금 전체 기록이라는 결과에 매몰되어,
정작 소중한 과정의 기록인 '스플릿타임'을
놓치고 있지는 않나요?

누군가와의 비교를 멈추고
오직 당신만의 구간 기록을 들여다보세요.
그 속에는 어제보다 조금 더
단단해진 당신의 리듬과,
당신만이 써 내려갈 수 있는 성장의 증거들이 빼곡
히 담겨 있을 것입니다.

11. Pace

나만의 속도를 유지하는 법

Pace.

어떤 속도로 이 레이스를 가져갈 것인가.

Pace가 빠르면 초반에 치고 나갈 수 있지만, 지치기 쉽다.

너무 느리면 체력은 남지만, 결승점에 도달하기 전 이미 승부는 끝나버린다.

그래서 수영에서는 '내게 맞는 페이스'를 찾는 것이 무엇보다 중요하다.

경험이 쌓일수록, 내 몸과 마음이 무엇을 견디는지, 어디에서 속도를 내야 하고, 어디서는 한 박자 쉬어야 하는지를 알게 된다.

하지만 이건 수영만의 이야기가 아니다.

인생도 그렇다.

나는 늘 '빠른 사람'이었다.

빨리 배우고, 빨리 성장하고, 빨리 성과를 내는 사람이고 싶었다.

그래서 코치 일을 하면서도 선수로 복귀했고, 수업을 하면서도 박사 논문을 쓰고, 일정을 소화하면서도 또 다른 프로젝트를 기획했다.

"너는 대체 언제 쉬어?"

가끔 누군가가 물으면 나는 '쉬는 것도 잘한다'며 웃곤 했지만, 사실 나는 쉬는 법을 몰랐다.

늘 쫓기듯이 살았다.

아니, 스스로를 쫓기듯 내몰았다.

하루라도 나태해지면 '무너질지도 모른다'는 불안 때문에.

그런데 어느 순간부터였다.

지금 내가 달리고 있는 이 속도가 내가 원하는 방향으로 가고 있는 속도인가?

스스로에게 묻기 시작했다.

어떤 날은 나보다 느린 사람과 걸으며 나도 천천히 걷고 싶었고, 어떤 날은 빠른 이들과 나란히 가느라 숨이 턱 끝까지 차올랐다.

이럴 때마다 나는 수영장에서 했던 페이스 조절 훈련이 떠올랐다.

50m를 똑같은 속도로 반복해서 헤엄치고, 내 몸이 어느 정도의 페이스에서 가장 효율적으로 움직이는지를 찾는 훈련.

그 훈련은 단순히 속도를 측정하는 게 아니라 나를 이해하고 믿는 법을 익히는 과정이었다.

지금 나는 잘 가고 있는가?

지금 내 리듬은 내게 맞는가?

누군가가 옆에서 엄청난 속도로 나아가도, 나는 나의 페이스를 지키는 것이 중요하다는 걸 이제는 안다.

페이스가 무너지면 전체가 무너진다.

지금의 나를 유지하기 위해, 그리고 오래가기 위해 나는 나만의 리듬을 존중해야 한다.

당신은 지금,
누군가의 속도에 맞추느라 숨이 차진 않나요?
혹은 너무 느려 보이는 자신의 걸음에
조급해하고 있진 않나요?

지금의 당신은, 당신이 갈 길을 가고 있는 중입니다.
페이스는 결국 당신을 지키는 기술이니까요.

12. IM

다양한 역할, 다양한 내가 수영하는 방식

IM, Individual Medley.

접영-배영-평영-자유형.

네 가지 영법을 하나의 레이스 안에서 모두 소화해내는 복합
종목.

다양한 기술, 다양한 리듬, 다양한 호흡.

모든 것이 조화를 이루지 않으면 금세 흐트러지고, 무너진다.

하지만 네 가지를 모두 자유자재로 해낼 수 있다면 IM 만큼
매력적인 종목도 없다.

나는 여러 역할을 동시에 수행하며 살아왔다.

때로는 선수로, 때로는 코치로, 또는 감독, 교수, 딸, 그리고 누군가의 롤모델로.

이 각각의 역할은 서로 전혀 다른 호흡과 박자를 가지고 있다. 하지만 모두 '나'라는 사람을 구성하는 중요한 조각이다.

선수였던 나는, 몸 하나로 마음을 증명해야 했다.

내가 오늘 얼마나 최선을 다했는지, 그건 곧 기록으로, 터치로 드러났다.

누가 봐주지 않아도, 물이 모든 걸 기억하고 있었다.

코치가 된 나는, 다른 사람의 몸과 마음을 함께 훈련시켜야 했다.

선수들의 감정 기복, 성장통, 슬럼프까지 함께 겪어야 했고 그 과정에서 나는 수영을 가르치는 것보다 '사람을 믿는 법'을 배웠다.

감독이 된다는 건, 책임의 무게를 짊어진다는 뜻이다.

행정, 운영, 외부와의 소통.

물속에서 버티던 근육 대신 사람 사이에서의 신뢰와 설득력이 내 무기가 되었다.

교수가 된 지금, 나는 지식을 전달하는 사람을 넘어서 삶의 방향을 제시하는 안내자가 되고 싶다.

책과 논문, 발표자료보다 더 중요한 건 학생 한 명 한 명과 나누는 '진심'이라는 것도 알게 되었다.

딸이라는 역할은, 모든 역할 중에서 가장 오래, 가장 깊게 나를 지탱해왔다.

내가 어떤 선택을 하든, 말없이 지켜봐주던 부모님 앞에서는 나는 언제나 '다연이'였다.

수많은 부담과 타이틀 속에서도, 한 번쯤 돌아가고 싶은 가장 순수한 자리.

그리고 나는 누군가에게 롤모델이 되기를 바란 적은 없지만, 자주 그렇게 불렸다.

수영선수였다가 비교적 어린나이에 일찌감치 코치, 감독, 교수가 된 이력 때문일 수도 있고, 여전히 수영장에서 현역선수로 훈련을 이어가는 모습 때문일 수도 있다.

하지만 나는 그 말이 늘 조심스럽다.

나는 완성형이 아니고, 어제보다 조금 나아진 나를 계속 만들어가는 중이니까.

IM은, 하나의 레인 안에서 다른 리듬, 다른 자세, 다른 방향을 이어가야 하는 경기다.

그 모든 것이 부드럽게 연결되어야만 속도를 잃지 않고, 내가 원하는 레이스를 완주할 수 있다.

나의 삶도 그렇다.

선수로서의 물살, 코치로서의 타인의 삶, 감독으로서의 운영, 교수로서의 전공, 딸로서의 정체성, 롤모델로서의 책임.

어느 하나도 놓을 수 없는 나의 IM.

어느 하나가 뒤처지거나 무너지면 전체가 흔들리기에 나는 오늘도, 내 페이스로 이 여섯 가지를 수영하고 있다.

지금 당신은 어떤 종목을 수영하고 있나요?
삶의 IM에서 어떤 순서로,
어떤 박자로 나아가고 있나요?

완벽할 필요는 없어요.
각자에게 맞는 방식으로 각자의 레인을 나아가는 것,
그게 우리가 살아가는 방식이니까요.

13. Turn

방향을 바꾸는 용기

수영에서의 'Turn'은 단순한 방향 전환이 아니다.

경기 중 속도가 줄어들지 않게 유지하면서, 후반 레이스를 위한 새로운 추진력을 만드는 결정적 순간이다.

타이밍을 놓치면 뒤처지기 쉽고, 완벽하게 성공하면 역전을 만들어낸다.

인생도 마찬가지다.

우리는 누구나 한 번쯤, 아니 어쩌면 여러 번 반환점을 돌아야 하는 순간을 마주한다.

그 턴은 나의 의지로 이뤄지기도 하지만, 때론 타인의 판단, 구조적인 불합리, 예측 못한 사건에 의해 이뤄지기도 한다.

하지만 중요한 건 방향을 바꾸는 그 순간, 얼마나 중심을 잃지 않고 다시 나아가느냐이다.

내게 그 반환점이 찾아온 건 2015년이었다.

그 해는 특별했다.

'빛고을' 광주에서 하계유니버시아드가 열리는 해였고, 내 나이와 대학생 신분, 선수 경력으로는 마지막 유니버시아드 출전 기회였다.

마지막 기회라는 사실은 훈련을 더 치열하게 만들었다.

하루하루를 온전히 국가대표 선발전에 맞췄다.

그리고 마침내, 4월. 울산에서 열린 국가대표 선발전에서 여자 자유형 100m 결선, 나는 56초44, 대회 신기록을 세우며 가장 먼저 터치패드를 찍었다.

전광판에 내 이름이 가장 높은 곳에 있었고, 나는 울음을 참을 수 없었다.

9년 만에 갈아치운 기록이자,

오직 1등에게만 주어지는 국가대표 자격이었다.

기쁨은 오래가지 않았다.

하루, 이틀, 일주일…

대표팀 명단 발표는 오지 않았다.

한 달이 지났을 무렵, 코치님께 조심스럽게 물었다.

"혹시… 무슨 일 있는 건 아니죠?"

"괜찮아~ 걱정 마. 1등인데 무슨 걱정이야. 기다려봐."

하지만 불안은 현실이 되었다.

대표 명단이 발표되었고, 내 이름은 없었다.

나중에서야 알게 되었다.

수영연맹은 선발전 당시 공지했던 '각 개인종목별 1위 선수' 규정을 대회가 끝난 뒤 '예선과 결선을 통틀어 가장 좋은 기록을 낸 선수'로 바꿔 해석했고, 결승 꼴찌였던 L선수를 국가대표로 선발했다.

나는 결승 1위였지만, 대표팀에서 제외됐다.

문화체육관광부도 이 선발이 부당했다고 판단해 수영연맹에 기관주의 및 책임자 경고조치를 내렸지만, 그 결정은 뒤집히지 않았다.

이후 언론은, 그 선발 과정 뒤에 수년간 이어져 온 뇌물 상납·연줄 중심의 구조적 비리가 있었음을 밝혀냈다.

하지만 정작 사건의 당사자이자 피해자인 그때의 나는 그 어떤 설명도 듣지 못한 채, 그저 사라져 있었다.

어떤 설명도 없었다.

누구도 말해주지 않았다.

그저, 없는 것이 전부였다.

'이런 식이면… 더는 못 하겠다. 내가 뭘 그렇게 잘못했을까.

그냥 끝내자.'

나는 수영을 그만두었다.

몸도 마음도 녹초였고, "운동선수로 살아가는 삶"에 대한 회
의감이 밀려왔다.

하지만 정말 아팠던 건 그 이후였다.

제자 중 한 아이가 물었다.

"선생님, 선생님이 1등 했는데 왜 국가대표 아니에요?"

나는 아무 말도 하지 못했다.

쓴웃음만 지을 뿐이었다.

무엇보다 괴로웠던 건, 아이들에게 보여주고 싶지 않은 세상
의 뒷면을 내가 보여준 것 같았기 때문이다.

그 질문은 내 마음에 깊은 생채기를 남겼다.

그 무렵 나는 체육교육 전공으로 석사 과정을 밟고 있었다.

더 나은 지도자가 되고 싶었다.

하지만 그 사건 이후, 마음속에서 다른 목소리가 떠오르기 시
작했다.

'스포츠의 가치는 공정이라고 배웠는데, 그게 정말 스포츠의 본모습일까?'

이 질문에 답을 찾고 싶었다.

그리고 그 답을, 아이들에게 떳떳하게 설명할 수 있기를 원했다.

나는 전공을 바꿨다.

체육교육에서 스포츠윤리학으로. 스포츠에서의 '바람직함'과 '정당함'을 묻는 학문.

그것이 나의 턴이었다.

그해 9월, 한 통의 전화가 걸려왔다.

코치님이었다.

"잘 지내니?"

이 짧은 인사에, 나도 모르게 눈물이 터졌다.

말없이 울고만 있는 내게 코치님은 조용히 말했다.

"그 사람들 때문에 네가 선수 생활 접고, 네 길을 포기하게 해선 안 되지 않겠니?

이렇게 끝내는 건 아니야.

다시 나와서 전국체전 준비해보자."

그날 밤, 나는 고민에 잠겼다.

연맹에 이의를 제기했다는 이유로 이미 나는 '찍힌 사람'이
었다.

다시 선수로 나섰다가 또 상처받지는 않을까.

다시 돌아가도 괜찮을까.

그런데 문득,

"선생님이 1등이잖아요."

라고 말하던 아이들의 얼굴이 떠올랐다.

그래, 그 말이 맞다.

내가 잘못한 건 없으니까.

나는 다시 훈련장으로 나갔다.

남은 시간은 단 6주.

전국체전까지, 매일 이를 악물고 훈련했다.

몸은 힘들었지만 마음은 오히려 평온했다.

나는 단지 증명하고 싶었다.

그 아이들이 틀리지 않았다는 걸.

그리고 나도 끝나지 않았다는 걸.

그리고 그해 전국체전.

나는 다시 한 번 1위를 했다.

시상대 맨 위에 섰고, 그제야 비로소 내 다쳤던 마음도 조금
은 회복될 수 있었다.

2015년.

그 해는 내 인생에서 가장 고통스럽고, 동시에 가장 결정적인 해였다.

나는 그 해, 수영의 억울함도, 스포츠의 모순도, 그리고 내 안의 방향 전환도 함께 겪었다.

결국 나는 그 사건을 통해 스포츠윤리라는 학문을 만났고, 지금까지 이어지는 나만의 페이스를 찾게 되었다.

이제 나는 대학에서, 또 협회와 구단에서, 윤리와 공정에 대해 말한다.

잘못된 구조를 고치는 방법, 아이들이 더 건강하게 자랄 수 있는 방향을 함께 고민한다.

지금 이 길 위에 내가 설 수 있었던 건 그때의 턴 덕분이다.

누구나 한 번쯤은 돌아야 할 지점이 있다.

누군가에 의해 돌아야만 했던 반환점일지라도, 그 턴에서 다시 속도를 낼 수 있다면, 전반 레이스보다 더 나은 후반 레이스를 만들 수 있다.

그때는 몰랐다.

부당함에 멈춰 선 게 아니라, 그 순간이 내 삶의 방향을 바꾸는 '턴'이 될 줄은.

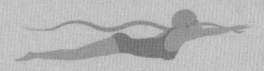

당신은 지금 예기치 못한 벽에 부딪혀,
나아가던 길을 멈추고 망연자실 서 있지는 않나요?

기억하세요. 수영장의 차가운 벽은 당신을
막아서는 장애물이 아니라,
발을 힘차게 차고 나가 더 빠른 속도로
후반 레이스를 시작하게 할 '반환점'입니다.
지금의 그 억울한 멈춤이,
당신의 인생을 가장 가치 있는 방향으로 틀어줄
결정적인 '턴'이 될지도 모릅니다.

14. Lap Counter

내가 얼마나 왔는지,
얼마나 남았는지를 보는 법

수영장에는 'Lap Counter(랩 카운터)'라는 도구가 있다.

특히 장거리 선수들이 사용한다.

50m, 100m, 800m…

끝없이 왕복하는 레이스 속에서 "내가 지금 몇 바퀴째를 돌고 있는지" "끝까지 얼마나 남았는지" 그 사실을 알려주는 작은 안내판이다.

물속에서 숨은 차오르고, 팔은 무거워지고, 페이스는 흐트러지기 쉽다.

그럴 때 랩 카운터는 단순한 숫자 이상의 의미가 있다.

"아직 남았어."

"조금만 더 가."

"너 지금 잘하고 있어."

눈을 마주치는 것만으로도 중심을 다시 잡게 해주는 특별한 신호다.

그리고 나는 안다.

인생에는 이 랩 카운터가 없다는 걸.

그래서 나는 스스로 만든 랩 카운터를 따라왔다.

학부 - 석사 - 박사 - 교수.

언뜻 보면 단순한 경로 같지만 그 길 위의 레이스는 결코 단순하지 않았다.

지치기도 하고, 불안하기도 하고, 중간에 멈추고 싶을 때도 있었다.

그 모든 순간, 내가 앞으로 얼마나 가야 하는지 정확히 알 수는 없었다.

하지만 매번 '되돌아봄'으로 나만의 랩 카운터를 만들었다.

학부 - 첫 번째 랩: "나는 어디까지 갈 수 있을까?"

입학 당시 나는 선수 생활을 계속해야 할지 코치로 방향을 틀어야 할지 아니면 전혀 다른 삶을 선택해야 할지 혼란 속에 있었다.

체육학의 수업과 수영장에서의 삶이 만들어낸 미묘한 균형

속에서 나는 여러 가능성들 사이에서 흔들렸다.

그때의 나에게 필요한 랩 카운터는 '자신감'이었다.

내가 가진 속도와 강점을 확인하고 내 페이스를 아는 것.

그게 첫 번째 50m였다.

석사 – 두 번째 랩: "나는 무엇을 더 깊이 알고 싶은가?"

체육교육을 공부하던 나는 어느 순간부터 스포츠를 둘러싼 사회 · 윤리적 문제에 마음이 꽂혔다.

"왜 어떤 선수는 노력해도 인정받기 어렵지?"

"왜 불공정한 일이 반복되는데 아무도 설명하지 못하지?"

"지도자가 갖춰야 할 '책임'은 어디에서 오는 걸까?"

이 질문들이 나를 다른 방향으로 끌어당겼다.

그리고 결국 나는 스포츠윤리학으로 전공을 바꾸고 랩(Lab)을 바꿔 탔다.

이 결정은 물속에서 긴 레이스를 돌고 있다가 코치의 보드가 옆으로 움직이며 새로운 페이스를 알려주는 순간 같았다.

"이 방향으로 가봐.

여기가 너의 다음 바퀴야."

박사 – 세 번째 랩: "이 질문은 삶이 될 수 있을까?"

박사는 목표라기보다 '지속'이었다.

하루하루 논문을 읽고, 쓰고, 고치며 조금씩 전진하는 레이스.

문제는 속도가 너무 느린 날이 많다는 점이었다.

다른 친구들은 사회로 나가 앞서가는 것 같고, 나는 계속 같은 곳을 빙빙 도는 것 같았다.

그럴 때마다 나는 지나온 랩을 돌아보며 스스로에게 말했다.

"괜찮아.

너는 지금 너의 종목을 뛰고 있는 거야."

박사 과정에서의 가장 큰 깨달음은 이것이었다.

나의 레이스는 남과 비교할 수 없다.

내 랩 카운터는 나만 가지고 있다.

교수 - 네 번째 랩: "이제는 내가 누군가의 랩 카운터가 된다."

대학에 임용되고 나서는 전혀 새로운 종류의 책임이 생겼다.

학생들 앞에 서는 일, 아이들의 성장을 돕는 일, 스포츠 시스템의 문제를 말하는 일, 현장의 선수들에게 윤리와 공정을 이야기하는 일.

이 순간부터 나는 단순히 '내 레이스'를 뛰는 사람이 아니라 다른 누군가가 몇 바퀴를 돌고 있는지 옆에서 보여주는 사람이 되었다.

내가 해온 실수, 실패, 복귀, 전환의 순간들이 이제는 누군가에게 작은 랩 카운터가 된다면 그것만큼 의미 있는 일이 어디

있을까.

그리고 지금 나는, 또 다른 랩을 돌고 있다.

교수로의 삶, 연구자로서의 삶, 다시 수영을 기록하는 사람으로서의 삶.

이 레이스의 총 거리가 얼마나 될지는 모른다.

언제 터치패드를 치게 될지도 모른다.

하지만 나는 이제 안다.

중요한 것은 남아 있는 거리보다 지금까지의 레이스를 어떻게 통과해왔는가다.

때로는 내가 생각했던 것보다 더 많이 와있고, 때로는 내가 믿었던 거리보다 더 멀게 남아 있기도 하다.

하지만 어느 쪽이든 상관없다.

내 속도대로 계속 가면 된다.

인생에는 공식적인 랩 카운터가 없다.

그래서 우리는 중간마다 멈춰 서야 한다.

내가 얼마나 왔는지, 어디로 가고 싶은지, 어떤 속도로 뛰고 싶은지.

그 조용한 점검이 당신의 다음 레이스를 바꿔놓을 것이다.

당신은 지금 끝이 보이지 않는 긴 레이스 속에서,
내가 어디쯤 서 있는지 몰라 불안해하고 있지는
않나요?

인생에는 정해진 안내판이 없기에,
때로는 잠시 멈춰 서서 당신이 지나온 시간을
직접 세어보는 과정이 필요합니다.
지금까지 당신이 견뎌온 그 수많은 바퀴는
결코 사라지지 않고,
다음 레이스를 완주하게 할 당신만의 가장 정직한
'랩 카운터'가 되어줄 것입니다.

15. Main Set

몸이 풀린 뒤,
더 이상 핑계가 통하지 않는 시간

'Main Set'는 훈련의 중심이다.

몸이 풀렸는지, 오늘 컨디션이 어떤지 같은 질문은 이 구간에 들어서면 더 이상 중요하지 않다.

정해진 강도, 정해진 거리, 정해진 페이스.

버티는 게 아니라, 해내야 하는 시간.

경영월드컵은 내 선수 인생의 Main Set 같았다.

도망칠 수 없는 조건 속에서 나는 세계를 상대로가 아니라

'지금의 나'를 상대로 레이스를 치르고 있었다.

그날의 기록보다 오래 남은 건, 내가 어디까지 감당할 수 있는 사람인지에 대한 감각이었다.

"수영에도 월드컵이 있어?"

2021년 가을, 황선우 선수가 도하에서 경영 월드컵 금메달을 땄다는 뉴스가 전해졌을 때 내가 가장 많이 들었던 질문이다.

그 질문에는 놀라움과 함께, 수영이라는 종목이 아직도 얼마나 좁은 틀 안에서 이해되고 있는지가 섞여 있었다.

결론부터 말하면, 수영에도 월드컵이 있다.

그리고 나는 그 월드컵 무대에, 누군가의 기대나 추천이 아니라 스스로를 시험해보고 싶다는 마음으로 올라갔다.

2018년 전국체전을 은메달로 마친 뒤, 나는 분명히 알고 있었다.

기록의 문제가 아니라, 스타트와 턴이라는 약점이 다음 단계로 가는 길을 막고 있다는 걸.

하지만 전국체전이 끝난 뒤의 훈련은 늘 흐트러지기 마련이었고, 그때 떠올린 선택지가 바로 경영 월드컵이었다.

월드컵은 25m 쇼트코스에서 열린다.

짧은 레인, 잦은 턴, 반복되는 잠영.

이 무대에서는 레이스 운영보다 스타트, 돌핀킥, 턴이 훨씬 더 정직하게 드러난다.

나처럼 그 세 가지가 약점인 선수에게 월드컵은 부담이 아니라, 오히려 정면 승부였다.

문제는 또 하나였다.

돈.

그 당시 월드컵은 국가 지원이 거의 없는 대회였고, 항공료부터 숙소, 체제비까지 모든 선택의 책임이 선수 개인에게 돌아왔다.

경비를 계산할수록 고민은 깊어졌고, '굳이 여기까지 해야 하나'라는 생각도 여러 번 들었다.

그때, 같은 고민을 하던 동료 선수들을 만났다.

서로의 망설임은 묘하게 용기가 됐다.

우리는 거창한 결론 대신 "그래, 한 번 해보자"라는 말로 결정을 끝냈고, 그렇게 2018년 11월, 도쿄 하네다 수영장에 나란히 발을 디뎠다.

월드컵은 내가 알던 국제대회와는 전혀 다른 분위기였다.

메달과 상관없이 선수 한 명, 한 명에게 쏟아지는 환호.

경기장 안을 채우는 음악과 박수,

경기가 끝나자마자 이어지는 인터뷰와 열기.

그곳은 경쟁의 현장이기보다 수영이라는 종목이 살아 숨 쉬는 축제에 가까웠다.

그 분위기 속에서 나는, 이상하게도 더 담담해졌다.

이 레이스는 결과를 얻기 위한 싸움이 아니라 지금의 나를 확인하는 Main Set이라는 걸 몸이 먼저 알고 있었기 때문이다.

그날, 나는 쇼트코스 개인 최고 기록을 세웠다.

스타트와 턴이 약점이던 내가, 롱코스보다 빠른 기록을 냈다는 사실이 조금은 낯설고, 조금은 놀라웠다.

하지만 더 중요한 건 기록이 아니었다.

'이 방식의 훈련과 이 무대가, 내게 분명히 필요한 과정이었다'는 확신이었다.

도쿄에 이어 싱가폴까지 두 번의 월드컵을 마치고 돌아온 뒤, 나는 후배와 동료들에게 같은 말을 했다.

"기회가 된다면, 월드컵은 꼭 한 번 나가봐."

그리고 시간이 지나, 연맹 차원의 지원으로 더 많은 선수들이 월드컵 무대에 서는 모습을 보며 이 Main Set이 개인의 선택을 넘어 한국 수영 전체의 훈련이 되어가고 있다는 생각이 들었다.

Main Set은 가장 힘든 구간이지만, 그래서 가장 솔직한 시간이다.

그 무대에서 나는 세계와 겨룬 것이 아니라, 다음으로 나아갈 수 있는 나 자신과 마주하고 있었다.

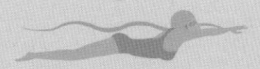

당신은 지금 컨디션이나 환경을 핑계 삼아,
정작 통과해야 할 인생의 '메인 세트' 앞에서
머뭇거리고 있지는 않나요?

피하고 싶었던 당신의 약점이 오히려 당신을
다음 단계로 이끌어줄
가장 정직한 열쇠일지도 모릅니다.
결과에 대한 두려움을 잠시 내려놓고
오직 지금의 당신과 정면으로 마주해 보세요.
그 치열한 레이스가 끝나는 지점에서,
당신은 이전과는 전혀 다른 단단한 확신을
얻게 될 것입니다.

3부

위기와 시련 – 물속에서 숨을 참다

16. No Breathing

숨 쉴 틈 없는 시기

수영에서 'No Breathing'은 말 그대로 호흡을 참고 헤엄치는 것을 뜻한다. 숨을 참고 나아가야 하는 순간. 물속에서는 이것이 기술이지만, 인생에서는 의지다.

나를 처음 본 사람들은 '프로 N잡러'라는 말로 나를 소개한다. 수영선수, 대학 교수, 수영 코치, 칼럼니스트, 모델 활동까지. 운이 좋았던 덕에 다양한 일을 할 수 있었고, 다양한 이름으로 불릴 수 있었다. 그럼에도 어디에서든 나는 늘 이렇게 소개한다.

"수영선수 임다연입니다."

수영이 없었다면 지금의 나는 없었을 것이다. 도전과 끈기를 가르쳐준, 내 인생의 교과서였다. 하지만 수영과의 첫 만남은… 유쾌하지 않았다. 처음으로 물속에서 눈을 떴을 때, 수영장 바닥의 파란 타일이 예쁜 벽돌집처럼 보였다. 그 모습이 너무 아름다워서, 그날 이후 나는 물을 두려워하지 않게 되었다. 그렇게 두려움이 사라지자, 수영도 곧잘 했다. 또래보다 빠르게 배웠고, 곧 선수반 입단 제안을 받았다.

그런데 문제는 호흡이었다. 나는 자유형 호흡이 서툴렀다. 그래서 훈련할 때마다 코치님은 기록이 안 나오면 "호흡 참아!" 하셨고, 나는 정말로 숨을 참고 전력질주를 했다.

그러던 어느 날, 스타트 50m 기록을 재는 훈련에서 연속으로 기록이 안 나오자, 여덟 번째 시도까지 이어졌다. 나는 숨을 참고 헤엄쳤고, 턴 후에도 숨을 못 쉰 채 수영을 이어갔다. 그리고 중간 지점에서 나는 기억을 잃었다.

물속에서 기절했다.

아무도 내가 기절했다고는 예상하지 못했다. 그나마 옆 레인에서 강습을 하던 강사님이 눈치를 채고 나를 건져 올렸다. 수영장 바닥에 눕혀진 나는 응급처치를 받고, 119에 실려 실려 갔다.

그 일이 내 수영 인생의 끝일 수도 있었겠지만, 아빠는 오히려 더 적극적으로 나를 수영장에 데려갔다. 물 공포증을 이기지 못하면 평생 고생할 거라며.

다음 날, 나는 아무 일 없다는 듯 다시 수영장으로 갔다. 선수반에 복귀했고, 그날 이후 누구보다 빠르게, 양쪽 호흡을 자유롭게 할 수 있는 선수가 되었다.

나는 지금도 그때를 기억한다. 처음 눈을 떴던 물속의 풍경, 기절하기 직전의 시야, 그리고 아빠가 수영 모자를 씌워주던 손길.

수영을 통해 나는 배웠다.

처음엔 두렵고, 때로는 기절할 만큼 힘들지만, 포기하지 않으면 나아진다. 언젠가는 잘할 수 있게 된다.

숨을 참고 버텨야 하는 그 시기가 반드시 지나간다는 걸.

하지만 그때 이후에도 나는 몇 번이고 다시 숨이 막히는 순간들을 맞닥뜨렸다.

물리적인 호흡이 아니라, 심리적인 압박으로 숨 쉴 수 없던 시기들.

그 중 하나는 박사과정 중반이었다.

논문 심사가 연달아 반려되고, 지도교수님과의 방향성도 엇갈리고, 그 사이 학회 일정, 아르바이트 강의, 그리고 선수 훈련까지 병행하던 시기였다.

아침에는 강의 자료를 만들고, 점심에는 선수들과 훈련하고, 밤에는 졸린 눈을 비비며 논문을 고쳤다.

심장이 계속 빨리 뛰었고, 누가 등을 살짝만 쳐도 눈물이 날 것 같았다.

하지만 그때도, 나는 수영장으로 향했다.

물을 끌어당기고, 몸을 밀어내고, 호흡을 참고 25m를 질주하면 그나마 조금은 괜찮아졌다.

마치 그 물속이 내 유일한 숨 쉴 틈처럼 느껴졌다.

그 시절을 지나며 나는 배웠다.

진짜 'No Breathing'은 숨을 참는 것이 아니라, 숨 쉴 틈조차 없다고 느껴질 때도 자기 호흡을 찾아내는 것이라는 걸.

그때 아빠가 매일 내 머리에 수영모자를 씌워주지 않았다면,

나는 물속의 파란 세상을 만나지 못했을지도 모른다.

두려움 속에서도 끝까지 숨을 참았던 그 시절이, 지금의 나를 만들었다.

당신은 지금 숨이 턱 끝까지 차올라,
당장이라도 물 밖으로 도망치고 싶은
'노브레싱'의 시기를 지나고 있지는 않나요?

기억하세요. 숨을 참으며 버텼던 그 지독한 시간은
당신을 질식시키려는 시련이 아니라,
어떤 거친 물살 속에서도 흔들리지 않고 당신만의
호흡을 되찾게 할 가장 강력한 훈련의 시간입니다.
두려움 속에서도 끝내 멈추지 않았던 당신의 발차기가,
머지않아 당신을 가장 안전하고 평온한 숨 쉴 곳으로
안내할 것입니다.

17. DQ

실격의 순간, 놓쳐야 배울 수 있는 것들

'DQ', Disqualification.

수영에서 이 말은 '실격'을 뜻한다.

스타트, 터치, 턴, 영법 …

규칙에서 단 한곳만 벗어나도 경기는 무효가 된다.

완벽해야 살아남는 경기. 그래서 DQ는 언제나 씁쓸하고, 아
프다.

하지만, 때로는 놓쳐야 보이는 것들이 있다.

고등학교 3학년, 회장배 전국대회.

전국체전을 앞둔 리허설 같은 무대였다.

그 대회를 통해 나는 새로운 스타트 폼을 실전에서 실험해보

기로 했다.

트라이얼을 통해 더 빠른 반응과 공중에서의 효율적인 진입을 목표로 스타트 동작을 바꿨다.

하지만, 몸은 아직 그 폼에 익숙하지 않았다.

신호보다 먼저 뛰어올랐고, 심판의 깃발이 올라갔다.

부정출발, 실격. 보통 선수들은 부정출발임을 눈치채면 중간에 멈춘다.

에너지 낭비를 피하고, 마음을 추스르기 위해서다.

하지만 나는 그날, 끝까지 터치패드를 찍었다.

심장이 쿵 내려앉은 채로 레이스를 이어갔다.

심판의 눈초리도, 관중의 속삭임도 모두 무시했다.

이유는 단 하나.

전국체전 전 마지막 리허설이었기 때문.

지금 이 낯선 스타트를 몸에 익히지 못하면 다음 경기는 없을지도 몰랐다.

경기 후, 기록은 공식적으로 지워졌다.

전광판의 이름 옆엔 DQ가 찍혔고, 순위도, 메달도 없었다.

하지만 이상하게도, 나는 후회하지 않았다.

그날의 실격은, 내게 아주 중요한 연습이었다.

그리고, 전국체전. 3관왕.

내가 고등학생으로서 참가한 마지막 대회였다.

회장배의 DQ 덕분이었다.

그날의 DQ가 없었다면, 나는 스타트를 보완할 수 없었고, 결정적인 경기에서 실수를 되풀이했을지도 모른다.

실격은 실패가 아니다.

그건, 놓쳐야 배울 수 있는 기회였다.

정확히 어떤 지점에서 미끄러졌는지 알게 해주고, 나에게 다시 설 수 있는 시간을 줬다.

수영은 정직하다.

지나친 욕심도, 지나친 망설임도 그대로 기록된다.

그래서 나는 그날 배웠다.

때로는 멈추지 않고 끝까지 가야 할 DQ도 있다는 것.

그리고 그 실격이 진짜 경기에서의 '완주'를 가능하게 해준다는 것을.

Disqualify.

그 단어엔 실격만 있는 게 아니다.

경기를 잃고, 성장을 얻는 순간도 거기 담겨 있다.

혹시 완벽해야 한다는 강박 때문에,
새로운 시도조차 망설이고 있지는 않나요?

때로는 떳떳하게 '실격' 당할 용기가 필요합니다.
이름 옆에 남은 DQ라는 글자 뒤에 숨겨진,
오직 당신만이 알고 있는 성장의 기록을 믿어보세요.
그 믿음이 당신을 진짜 승리의 시상대로
안내할 것입니다.

18. Overtraining

너무 열심히만 했던 시간

Overtraining.

말 그대로다.

지나치게 훈련한 시간.

몸이 견디는 한계를 넘어서면서도, 더 나아가고자 애썼던 순간들.

수영에서는 흔히 "훈련은 배신하지 않는다"고 말한다.

하지만 지나친 훈련은 배신보다 더 깊은 상처를 남기기도 한다.

내게 2019년은 그런 해였다.

그해, 나는 국가대표였다.

광주세계수영선수권대회 오픈워터 10km 종목에 출전하게 됐다.

나는 본래 단거리 자유형 선수였다.

평소라면 100m 안팎의 거리를 전력 질주하며 승부하는 나였지만, 이 대회에서는 올림픽 정식종목인 10km에 도전해야 했다.

결정이 내려진 순간부터, 나는 훈련 방식을 완전히 바꿨다.

하루에 14km씩, 단거리 선수가 감당하기엔 벅찬 훈련량을 소화했다.

이유는 단순했다.

"국가대표니까" "이왕 뽑혔으니 제대로 해보자"

"이번이 마지막일 수도 있으니까."

선수촌 합숙은 빡빡했다.

그 속에서 나는 내 한계와 겨뤘고, 누구보다 열심히 훈련했다.

그러던 어느 날, 대회를 불과 3일 앞두고…

결국 어깨 힘줄이 찢어졌다.

놀랄 만큼 뚜렷한 통증이었다.

팔을 들 수 없었고, 물을 끌 수 없었다.

하지만 그 순간에도 "경기엔 나가야지"라는 생각밖에 없었다.

정작 주변에선 내게 되물었다.

"그렇게까지 해서, 굳이 계속 선수 생활을 해야 하니?"

하지만 나는 멈출 수 없었다. 국가대표라는 이름의 무게를 온몸으로 느끼며 결국 출발대 위에 섰다. 그곳에는 나뿐만 아니라 우리나라를 대표하는 또 한 명의 훌륭한 동료 선수가 나란히 레인을 채우고 있었다. 최고의 기량을 가진 동료와 함께 태극 마크를 달고 물살을 가른다는 것은 그 자체로 묵직한 자부심이자 긴장이었다.

경기에 나갔고, 나는 끝내 완영했다. 찢어진 어깨의 통증 속에서도 나는 그 치열한 레이스 끝에 동료보다 앞서 터치패드를 찍었다. 사실 순위와 기록보다 중요했던 건, 그토록 뛰어난 경쟁자와 함께 뛰며 내 한계를 끝까지 밀어붙여 승리했다는 사실이었다. 타인을 이겼다는 쾌감보다, 그런 수준 높은 동료 덕분에 내 안의 잠재력을 마지막 한 방울까지 짜내어 나를 넘어설 수 있었다는 사실이 무엇보다 값진 기록으로 남았다.

지금도 여전히 어깨는 아프다.

그날 이후 다친 어깨는 6년이 지난 지금까지도 완벽히 회복되지 않았다.

MRI를 찍어보면 양쪽 어깨 힘줄이 너덜너덜하다.

하지만 나는 그 시간들을 후회하지 않는다.

정말로.

다만,

후배에게 같은 조언을 하라고 한다면 "몸을 먼저 생각해"라고 말할 것 같다.

어떤 경기든, 어떤 목표든 건강을 잃고 나면 그 모든 것이 무너진다는 걸, 지금은 너무도 잘 알기 때문이다.

사람들은 보통 "열심히 한 건 좋은 거야"라고 말한다.

하지만 모든 '열심히'가 옳은 건 아니다.

때로는 나를 파괴하는 '열심히'도 있다.

그래서 나는 오늘도, 몸의 신호에 귀 기울이는 연습을 한다.

내가 나를 지키지 않으면, 아무도 나를 대신 지켜주지 않기 때문이다.

그때는 몰랐던 진실. 그 진실은 지나치게 열심히 했던 그 시간을 통해, 내 몸이 나에게 가르쳐준 것이었다.

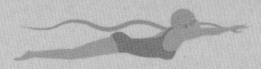

당신은 지금 스스로를 몰아세우며 몸과 마음의
경고음을 외면한 채 달려가고 있지는 않나요?

때로는 '적당함'을 넘어선 그 지독한 몰입이
당신에게 씻을 수 없는 상처를 남기기도 하지만,
그 상처를 딛고 끝내 터치패드를 찍어본 사람만이
가질 수 있는 단단한 확신이 있습니다.
남들이 말하는 효율보다 당신의 심장이 가리키는
뜨거운 레이스를 선택해본 적,
당신에게도 그런 '오버트레이닝'의 순간이 있었나요?

19. Negative Split

전반보다 후반을 더 빠르게, 지치지 않는 힘

수영에서 'Negative Split'은 전반보다 후반에 더 빠르게 수영하는 전략이다.

쉽게 말하면 초반엔 여유 있게 출발해 후반에 속도를 끌어올려 역전하는 방식.

경마로 치면 '추입'에 가까운 레이스다.

나는 그 말이 참 좋다.

"인생은 추입이다."

지금껏 살아오며 자주 밀렸고, 종종 좌절했지만, 포기하지 않으면 언젠가 뒤에서 더 빠르게 따라붙을 수 있다는 희망을 이 말이 품고 있어서.

2019년 여름, 나는 생애 처음으로 오픈워터 스위밍이라는 전혀 새로운 세계에 도전하게 됐다.

실내 수영장이 아니라, 바다에서 10km를 수영하는 경기.

'수영의 마라톤'이라 불리는 이 종목은 내게 너무나도 낯설고 두려웠지만, 마음속에서는 묘한 끌림이 있었다.

"그냥, 해보고 싶었어요."

처음 이 이야기를 꺼냈을 때 사람들은 의아해했다.

단거리 자유형 전문 선수가 장거리 바다 수영에 도전한다고?

심지어 주변 사람들은 말렸다. "미친 거 아냐?" "너랑은 안 어울려."

코치님도 처음엔 고개를 절레절레 흔드셨다.

처음 이 이야기를 꺼냈을 때 사람들은 의아해했다. 당시 나는 경영 종목과 더불어 이미 수구 국가대표로 선발되어 대표팀 소집을 받은 상태였기 때문이다. 모두가 부러워하는 안정적인 길, 이미 보장된 국가대표로서의 삶이 내 눈앞에 놓여 있었다. 하지만 내 마음은 이미 저 넓은 바다를 향해 있었다. 좁은 풀장의 레인이 주는 안온함보다, 끝을 알 수 없는 오픈워터의 거친 물살이 내 심장을 더 뛰게 했다. 결국 나는 수구 국가대표 자퇴서를 써 내려갔다. 누군가에겐 평생의 꿈일 자리를 제 손으로 내려놓는 나를 보며 주변에서는 '미친 거 아니냐'며 혀를 찼지만, 나는 망설이지 않았다. 그것이 내 인생에서 가장 과감했던 첫 번째 '추입(Negative Split)'의 시작이었다. 하지만 내가 끝까지 고집을 부리자 결국 포기하셨다.

"그래. 해보고 싶은 건 해봐야지. 그 대신, 각오는 해야 할 거야."

그렇게 시작된 준비는 전쟁과도 같았다.

하루 수영 훈련량이 기존의 4배로 늘었다.

단거리 훈련으로 익숙한 내 몸은 순발력엔 강했지만, 지구력과 지속성은 턱없이 부족했다.

수영장에서 쉬지 않고 한 번에 5,000m 이상을 도는 훈련을 반복했다.

어깨는 매일 밤 얼음찜질을 해야 할 정도로 욱신거렸고, 온몸이 천근만근인데도 다음 날이면 다시 물속으로 뛰어들어야 했다.

그리고 마침내, 대한민국 최초의 오픈워터 국가대표 선발전 당일.

대회는 경남 통영시 한산면 일원 바다에서 열렸다.

파도는 생각보다 잔잔했고, 물결 사이로 햇빛이 부서졌다.

경기 시작 직전, 나는 바다를 바라보며 가만히 숨을 들이쉬었다.

"즐기자. 오늘 하루만큼은 마음껏 수영하자."

그렇게 마음을 다잡고 입수했다.

신기하게도 두려움은 없었다.

초등학생 시절 한강 건너기 대회에서 느꼈던 자유로움, 여름마다 아빠 손을 잡고 들어갔던 동해 바다의 감촉이 떠올랐다.

오픈워터의 바다는 그때 그 기억처럼 익숙하고 따뜻했다.

10km 중 전반 5km는 속도를 조절하며 천천히 갔다.

'지금은 때가 아니야.'

그리고 후반부로 접어들 무렵, 속도를 조금씩 끌어올리기 시작했다.

앞서 나가 있던 선수들이 시야에 들어오고, 나는 한 명, 또 한 명을 추월해나갔다.

결과는 국가대표 선발.

바다를 품은 그날의 추입은 내 인생에서 가장 의미 있는 역전이었다.

이후 광주 세계선수권대회를 앞두고 선수촌에 입촌했다.

오전엔 바다에서, 오후엔 실내에서 훈련하는 이중 스케줄.

강도는 말도 못하게 높았지만, 한 번도 불평하지 않았다.

태극마크를 단 선수로서, 그 무게는 부상의 통증보다 더 컸기 때문이다.

그런데, 경기 3일 전.

오른쪽 어깨가 심하게 아파 병원을 찾았다.

MRI 결과, 어깨 힘줄이 찢어졌다는 진단이 나왔다. 의사는 출전 불가 판정을 내렸지만, 나는 도핑에 저촉되지 않는 진통제로 통증을 누르며 출발선에 섰다.

경기 초반 6km까지는 뒤처졌다. 부상의 통증은 예상보다 날카로웠고, 함께 출전한 동료의 모습조차 보이지 않을 정도로 거리가 벌어졌다. 하지만 나는 조급해하지 않았다. 내 몸이 기억하는 'Negative Split'의 리듬을 믿었기 때문이다.

8km 지점부터 나는 비로소 속도를 올리기 시작했다. 하나둘 선수들을 추월해 나갔고, 마침내 결승선을 통과했을 때 나는 깨달았다. 나의 진정한 추입은 타인을 앞지르는 것이 아니라, 고통과 포기하고 싶은 마음을 앞지르는 것이었음을. 비록 몸은 부서질 듯 아팠지만, 끝까지 버텨낸 인내와 끈기가 내 인생의 가장 아름다운 후반전을 만들어냈다.

이 경기를 통해 나는 다시금 배웠다.

때로는 추입이 가장 강력한 전략이라는 것을.

삶도 그렇다.

앞서가는 사람들과의 간격이 커도, 결코 포기하지 않으면 결국 따라잡을 수 있다.

　숨이 찰수록, 더 깊이 참았다.

　지쳤을수록, 더 단단히 물살을 눌렀다.

　포기하지 않는 한, 인생은 뒤에서도 빠르게 갈 수 있다.

　그것이 내가 배운 'Negative Split'의 진짜 의미였다.

　그리고 난 깨달았다.

　어쩌면 10km에서 가장 중요한 승부는 마지막 2km에 있을지

도 모른다는 것을.

당신은 지금 남들보다 한참이나 뒤처져 있다는
불안함에, 스스로 레이스를 포기하려 하지는 않나요?

기억하세요.
인생의 진정한 승부는 모두가 지쳐가는
마지막 2km에서 결정됩니다.
초반의 속도에 일희일비하지 마세요.
숨이 차오를수록 더 깊이 고독을 견디며
당신만 '네가티브'를 준비한다면,
당신의 후반전은 그 누구보다 눈부신 역전의
드라마가 될 것입니다.

20. Dash

마지막까지 전력 질주

수영에서 Dash는 짧은 거리, 강한 힘, 빠른 속도로 밀어붙이는 레이스다.

하지만 경기장 안에서만 필요한 건 아니다.

삶에서도 우리는 천천히 리듬을 조절하다가, 어느 순간 전력 질주해야 하는 시기가 있다.

나에게 그랬던 시기가 있다.

2018년, 2019년, 그리고 2020년.

매년 연말마다 내 입에서 가장 많이 나온 말은 "올해 진짜 힘들었다"였다.

돌이켜보면 박사과정 때문이었을 수도 있고, 그보다 더 복합적인 감정들이 눌러 앉아 있었던 것 같다.

나는 정말 열심히 살고 있다고 생각했는데, 아등바등하는데, 그 어떤 것도 나아지는 게 없었다.

'늪에 빠진 것 같아'라는 말이 몸으로 체감되는 날들이었다.

결론은, 휴학이었다.

오래 고민했다.

그리고 마침내, 지도교수님을 찾아가 어렵게 입을 열었다.

"저, 휴학하고 싶습니다."

왜인지 모르겠지만, 그 말 한마디가 그렇게 힘들었다.

"열심히 하고 있는데, 결과가 안 나와요.

아등바등하는데 이도저도 아닌 느낌이에요.

다시는 오지 않을 선수 생활에 미련을 두지 않기 위해, 전력을 다해보고 싶어요."

스무 살. 코치, 공부, 수영 세 가지를 병행하던 시절.

그때는 젊음으로 버텼다.

그런데 스물여덟.

이제는 노장이란 말을 들어도 이상하지 않은 나이.

다시 운동에 올인하겠다는 건, 어쩌면 무모했다.

이미 내 몸은 여러 번의 부상과 회복, 그리고 강도 높은 훈련으로 닳아 있었다.

레이스를 펼치기엔 예전만 못한 엔진이란 걸 나도 안다.

그래도 마음속에서 들려오는 목소리는 분명했다.

"지금이 아니면 다시는 못 해."

박사학위가 늦어지는 건 괜찮았다.

하지만 이 시기를 놓치는 건 후회할 것 같았다.

그런데 교수님의 답은 의외였다. 단호하고 명확했다.

"딜레이는 없어. 선수만 때가 있는 게 아니라, 공부도 때가 있어."

당황스러웠다.

마음을 어떻게 이어가야 할지 몰라 한참을 머뭇거리다가 다시 말을 꺼냈다.

"그냥… 힘들어요.

노력한 만큼 결과가 안 나와요.

이 상태가 계속될 것 같아요."

교수님은 조용히 내 말을 듣고, 이렇게 말씀하셨다.

"주위를 둘러봐. 너보다 더 힘든 사람, 많아.

근데 운이 좋아서 버티는 거야.

운이 좋다는 걸 부정하면 자꾸 괴로워져.

너보다 실력 좋은 수영선수 얼마나 많니.

근데 넌 운도 따라줬어.

그걸 인정하는 것부터 시작해야 해."

맞는 말이었다.

내가 너무 단단하게 쥐고 있던 것들을, 조금 내려놓아야겠다는 생각이 들었다.

하지만, 고민은 계속됐다.

박사과정을 유지하며, 코치 생활을 하고, 선수로서의 훈련도 이어가는 삶.

나는 무엇을 위해 이 모든 걸 감당하고 있는 걸까?

내가 진짜 원하는 건 뭘까?

그 무렵, 광주에서 열리는 국가대표 선발전에 출전했다.

선수는 나 혼자였고, 코치님과 단둘이 내 차를 타고 출발했다.

보통의 나라면, 대회 날 아침이면 일찍 눈이 떠지고 스트레칭을 하고, 알람이 울리기도 전에 준비를 마치곤 했다.

그런데 그날, 몸이 일어나질 않았다.

숙소에서 하루 종일 잤다.

예선 경기 전, 몸을 풀어야 하는 시간인데도 눈이 떠지지 않았다.

코치님은 이미 밖에서 기다리고 있었고, 나는 침대에 붙박여 있었다.

예선을 마치고 숙소로 돌아온 후에도, 수영복도 벗지 못한 채 잠들었다.

결승을 앞두고도 마찬가지였다.

눈꺼풀이 무겁고, 몸은 바닥처럼 가라앉았다.

그날의 기록은, 말할 것도 없었다.

저녁 식사 자리에서 코치님께 속마음을 털어놓았다.

"저, 딜레마에 빠진 것 같아요."

코치님은 내 말을 다 듣고, 조용히 물었다.

"너, 시너지가 났던 때가 언제였는지 기억나?"

"네?"

"선수랑 코치, 두 가지를 동시에 할 때.

그땐 네가 살아있었어.

너한테 필요한 건 하나만 고르는 게 아니야.

그 두 개를 잘 쥐고 가는 방법을 찾는 거야."

서울로 돌아와, 교수님과 다시 이야기를 나눴다.

나는 결국 휴학하지 않았다.

내가 선택한 길이라면, 그 안에서 방법을 찾아야 했다.

교수님은 말했다.

"너 지금 100을 다 쓰고 있어. 그런데 100을 다 써도 세 가지 역할로 나눠지면 각각의 롤엔 33.3밖에 안 남아. 하지만 너는 그 33.3으로 100을 쓰는 사람들과 경쟁해야하지. 결국 그걸 보완하려면, 더 깊이 들어가야 해. 더 효율적으로, 더 집중해서."

그날 이후로 나는 다시 삶의 엔진을 돌리기 시작했다.

Dash.

지금도 여전히, 나는 달리고 있다.

훈련, 강의, 연구, 선수 생활, 코칭.

어쩌면 나는, 계속 Dash를 하고 있는 나 자신이

조금은 괜찮다고 생각한다.

쉬어야 할 때가 있다는 것도 알지만, 이 시기만큼은 끝까지 가

봐야 할 것 같다.

숨이 차도, 버겁더라도, 지금은 질주해야 할 시간이다.

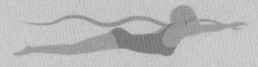

당신을 짓누르는 수많은 역할 사이에서,
정작 당신이 진짜 원하는 질주의 순간을
미루고 있지는 않나요?

완벽한 타이밍을 기다리기보다,
지금 당신의 손에 쥐어진 것들을 믿고
한 번 더 속도를 높여보세요.
숨이 턱 끝까지 차오르는 그 지점을 넘어설 때,
당신은 비로소 당신의 인생이 얼마나 뜨겁게
빛나고 있는지 발견하게 될 것입니다.

21. Anchor

가장 중요한 구간, 책임의 무게

Anchor.

수영에서 이 단어는 단체전 종목인 계영의 마지막 주자를 뜻한다.

마지막 주자는 단순히 빠른 선수만을 배치하지 않는다.

흐름을 읽고, 흐트러진 팀의 리듬을 바로잡을 수 있는 사람.

혼자서 버티는 것이 아니라, 앞선 주자들의 기록과 의지를 이어받아 끝까지 책임지고 터치할 수 있는 사람.

그래서 앵커는 언제나 팀의 무게를 등에 짊어진다.

그리고 나는, 그런 앵커였다.

중고등학교 시절, 그리고 실업팀에서도 내가 가장 많이 뛰었던 구간도 4번 주자였다.

4명의 영자가 각각 100m씩 역영하는 계영400m의 마지막 주자.

팀이 이기고 있든, 뒤쳐지고 있든 나는 결국 레이스의 마지막 장면을 책임져야 했다.

승부가 갈리는 그 100m를 앞두고, 스타트대에 올라서면 심장이 미친 듯 뛰었다.

'이번엔 뒤집을 수 있을까?'

'내가 잡히면 안 돼.'

'무조건 터치해야 돼.'

그 짧은 찰나에 수많은 생각이 스치고 사라지며, 몸은 본능적으로 물속을 향해 날아갔다.

가끔은 앞선 주자가 실격하거나 기대에 미치지 못하는 기록으로 기세가 꺾인 채 내게 터치를 넘겨주기도 했다.

하지만 앵커는 앞선 상황을 탓하지 않는다.

그 순간, 팀의 모든 기록은 내 어깨 위에 놓여 있기 때문이다.

터치패드를 찍고 나올 때, 함께 뛴 동료들의 눈을 마주칠 수 있느냐가 그날 경기의 진짜 성패였다.

그리고 지금, 나는 또 다른 형태의 앵커가 되었다.

학생들과 함께 출전한 전국대학수영선수권대회.

스타트대엔 제자들이 올랐고, 나는 코치석에서 그들의 자세를, 표정을, 호흡을 읽었다.

그리고 마음속으로 수없이 따라 불렀다.

"하나, 둘, 셋… 출발!"

그날, 제자들은 첫 계영 메달을 목에 걸었다.

한 명 한 명의 기록보다 서로를 믿고 끝까지 책임졌다는 그 과정이 무엇보다 뿌듯했다.

강의실에선 교수라는 이름으로, 수영장에선 지도자라는 이름으로, 나는 오늘도 마지막 주자의 마음으로 산다.

앞에서 지켜봐주는 이가 없더라도, 내가 이 라인을 끝까지 터치해야 다음 팀, 다음 세대가 출발할 수 있으니까.

앵커는 단순히 빠른 선수가 아니다.

속도보다 더 중요한 건, 끝까지 포기하지 않고 버텨내는 의지다.

삶도 그렇다.

누군가는 항상 마지막 주자여야 하고, 누군가는 항상 터치의 책임을 져야 한다.

그 무게를 감당할 수 있을 때, 우리는 진짜 어른이 된다.

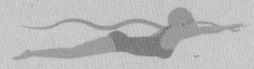

때로는 혼자 모든 것을 책임져야 하는
그 자리가 막막하고 서럽게 느껴지지는 않나요?

하지만 당신이 찍는 그 마지막 터치는
단순히 기록을 남기는 것이 아니라,
당신과 연결된 수많은 사람의 마음을 하나로
묶어주는 기적의 순간이 될 것입니다.
오늘 당신이 짊어진 그 무게가,
훗날 당신을 가장 단단하고 빛나는
'진짜 어른'으로 만들어줄 것입니다.

22. Reaction Time

나만의 신호에 뛰어들기까지의 시간

수영에서 'Reaction Time(반응 시간)'은 출발 신호가 울린 뒤 선수의 발이 스타트대를 떠나기까지 걸리는 찰나의 시간을 의미한다.

0.01초의 차이로 승부가 갈리는 단거리 레이스에서, 남들보다 조금이라도 반응이 늦는다는 건 치명적인 약점으로 여겨진다.

하지만 인생에서의 반응 시간은 조금 다른 의미를 갖는다.

누군가는 총성이 울리기도 전에 너무 빨리 뛰어들어 '부정출발'로 기회를 잃고, 누군가는 자신의 신호가 무엇인지 고민하느

138

라 남들보다 한참이나 늦게 물속으로 뛰어들기도 한다.

선수 시절의 나에게 늦은 반응 속도는 극복해야 할 공포였지만, 삶이라는 거대한 수영장 안에서 마주한 나의 늦은 반응 시간은 오히려 '나만의 확신'을 쌓아가는 정교한 준비 과정이었다.

나의 첫 번째 '늦은 출발' — 연구의 세계로 들어가기

내 주변엔 일찍부터 학문 커리어를 다진 사람들이 많았다.

동기들은 이미 석사 논문을 쓰고 있었고, 누구는 지도교수의 연구실에서 경험을 쌓고 있었고, 누구는 SCI 논문을 준비하고 있었다.

반면 나는 그때까지도 수영장에서 아이들을 지도하며 선수와 코치 사이를 오가고 있었다.

"나 이제 연구 시작하면… 너무 늦은 건 아닐까?"

이 질문을 수도 없이 했다.

하지만 결론은 늘 같았다.

늦었는지 아닌지는 '남과 비교할 때' 생기는 감정이라는 것을.

내가 가고 싶은 방향이라면 늦어도, 돌아가도, 멈췄다가 다시 가도 괜찮다는 것을.

그래서 나는 조금 늦게 석사 과정에 발을 들였다.

두 번째 '늦은 출발' — 임용이라는 먼 레이스

교수 임용 역시 내겐 늦은 출발의 결정판이었다.

친구들은 이미 학교에서 강의를 시작하고 있었고, 누구는 박사 졸업과 동시에 임용 소식을 전했다.

그때의 나는 논문과 현장, 선수 지도와 연구를 동시에 붙잡고, 아무도 확신을 주지 않는 미래 앞에 서 있었다.

하지만 이상하게도 초조함보다 더 크게 느껴진 건 '꾸준함'이었다.

나는 내 페이스로 달리고 있었다.

숨이 찰 때는 속도를 줄였고, 여유가 생기면 다시 밀어붙였다.

스스로에게 이렇게 말했다.

"이건 단거리 레이스가 아니야.

너는 너의 호흡으로 끝까지 가면 돼."

그리고 결국, 나는 국립대학교 전임교수 임용이라는 내 생의 가장 특별한 터치패드를 찍었다.

빠른 출발은 아니었지만 결국 가장 '나답게 완주한 레이스'였다.

세 번째 늦은 출발 — 다시 공부하는 용기

연구자, 지도자, 강사, 교수…

여러 역할을 겪으며 깨달은 것은 늦게 시작하는 일은 생각보다 훨씬 흔하다는 사실이었다.

어떤 학생은 25살에 처음 운동을 시작했고, 어떤 선수는 은퇴 후 30살에 대학을 입학했다.

학교 밖에서 돌아서 온 사람도 있고, 직장을 그만두고 전혀 다른 전공에 뛰어든 사람도 있었다.

그때마다 나는 수영장에서 배웠던 한 가지 지혜를 떠올렸다.

스타트가 늦었다고 해서 당신의 레이스가 틀어진 건 아니다.

중요한 건 '지금부터 어떤 페이스로 갈 것인가'이다.

물속에서는 뒤처져도 다시 추월할 수 있다.

페이스를 바꾸면 된다.

전략을 조절하면 된다.

인생도 똑같았다.

늦게 시작해도 괜찮다는 걸 누군가는 나를 보며 알 수 있기를

나는 빠르게 성공한 사람이 아니다.

누구보다 안정된 길을 걸어온 사람도 아니다.

오히려 돌아가고, 멈췄다가, 다시 시작하고, 때로는 완전히 새로운 방향으로 튼 사람이다.

하지만 그런 내가 지금 학생들의 길을 안내하고, 선수들의 윤리를 이야기하고, 교수로서 강의실에 서 있고, 연구자로서 논

문을 쓰고 있다는 것.

이 모든 사실이 '늦게 시작해도 충분히 도착할 수 있다'는 가장 확실한 증거가 되리라 믿는다.

남들보다 늦게 뛰어들어도 괜찮다.

중요한 건 누가 먼저 출발했는지가 아니라 누가 끝까지 자기 페이스를 찾아가는가이다.

당신의 레이스는 아직 시작도 안 했을지 모른다.

지금 뛰어들어도 충분하다.

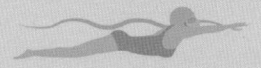

모두가 수영장에 뛰어든 뒤에도
여전히 출발대 위에 서 있는 당신의 '반응 시간'이
무의미하다고 느끼나요?

아니요, 당신은 지금 가장 깊은 숨을 들이마시며
당신만의 입수 각도를 찾고 있는 중입니다.
조금 늦게 물살을 갈랐을지라도,
그 신중함이 만든 정교한 스트로크는
결국 당신을 가장 나다운 완주로 안내할 것입니다.

23. Relay

혼자가 아닌 레이스의 책임

릴레이는 혼자 잘해서 끝나는 경기가 아니다.

내 구간이 아무리 완벽해도 다음 주자를 흔들리게 만들면 그
레이스는 이미 균열이 생긴다.

꿈나무대표팀 전담지도자가 된 이후, 나는 더 이상 나만의 레
인을 갖지 않았다.

누군가의 출발을 망치지 않기 위해 내 판단은 더 느려졌고,
선택은 더 무거워졌다.

릴레이의 책임은 기록이 아니라 '다음을 믿게 만드는 태도'라
는 걸 그때 처음 제대로 알게 되었다.

그 감각은 코로나19라는 예상치 못한 상황 속에서 더 또렷해

졌다.

2020년 초, 대한수영연맹은 코로나19 확산 속에서 청소년대표팀과 꿈나무대표팀의 안전과 훈련 효율을 동시에 지켜야 하는 어려운 선택 앞에 서 있었다.

결국 수영장 입수 훈련 대신, 전면 비대면 합숙 훈련이라는 그 누구도 가보지 않았던 방식을 택했다. 나는 그 훈련에서 꿈나무대표팀 전담지도자로, 그리고 감독으로서 아이들 앞에 서 있었다.

경영, 아티스틱스위밍, 다이빙…

종목도, 리듬도 다른 선수 66명 전원을 하나의 훈련 흐름 안에서 총괄해야 했고, 그 과정에는 각 종목을 책임지는 9명의 코치가 함께했다.

아이러니하게도, 그 구조의 중심에 선 나는 가장 어린 사람이었다.

'감독'이라는 역할을 맡고 있었지만 회의 자리에서는 늘 막내였고, 경험과 연륜이 앞서는 코치들 사이에서 나는 지시보다 조율을 먼저 고민해야 했다.

직접 만나 지도할 수 없었고, 손으로 동작을 잡아줄 수도 없었다.

화면 너머에서 아이들의 집중력과 불안을 동시에 책임져야 했고, 선수 한 명, 한 명의 상태뿐 아니라 코치들의 판단과 리듬까지 함께 살펴야 했다.

초등학교 고학년 학생으로 구성된 꿈나무대표 선수들은 경기 규칙과 전술, 정서·심리 루틴과 테이핑 교육, 세계적인 선수들의 경기 영상을 분석하며 '생각하는 훈련'을 배워갔다.

또한, 각자의 공간에서 동작 테스트와 1:1 피드백, 스트레칭과 바디웨이트 훈련을 이어갔고, (성)폭력 예방교육과 스포츠윤리 교육까지 함께 받았다.

훈련의 방식은 달라졌지만, 우리가 지키고자 한 방향은 분명했다.

그 시간 동안 나는 수없이 스스로에게 물었다.

이 아이들이 지금 흔들리지 않도록, 나는 어떤 속도로 말해야 하는지. 어디까지 요구하고, 어디서 멈춰야 하는지.

Relay의 지도자는 앞에서 끌고 가는 사람이 아니라, 다음 주자가 안심하고 출발할 수 있도록 속도를 맞추는 사람이라는 걸 그때 몸으로 배웠다.

비대면이라는 거리 속에서도 훈련이 무너지지 않았던 이유는 누군가 혼자 잘했기 때문이 아니라, 각자의 자리에서 서로를 믿고 레이스를 이어갔기 때문이다.

그 경험 이후로 나는 지도자로서 더 이상 혼자 완성되는 레이스를 상상하지 않는다.

Relay는 늘, 다음을 향해 열어두는 책임의 방식이기 때문이다.

혹시 당신의 속도가 너무 빨라,
당신을 따르는 이들이 숨 가빠하고 있지는 않나요?

함께 나아가는 레이스에서 가장 중요한 것은
독주가 아니라 조율입니다.
오늘 당신이 누군가를 위해 잠시 속도를 늦추고
눈을 맞추어 주었다면, 당신은 이미 가장 완벽한
'릴레이'를 해내고 있는 것입니다.
당신이 건넨 그 믿음의 바통은
어디까지 흘러가 어떤 기적을 만들게 될까요?

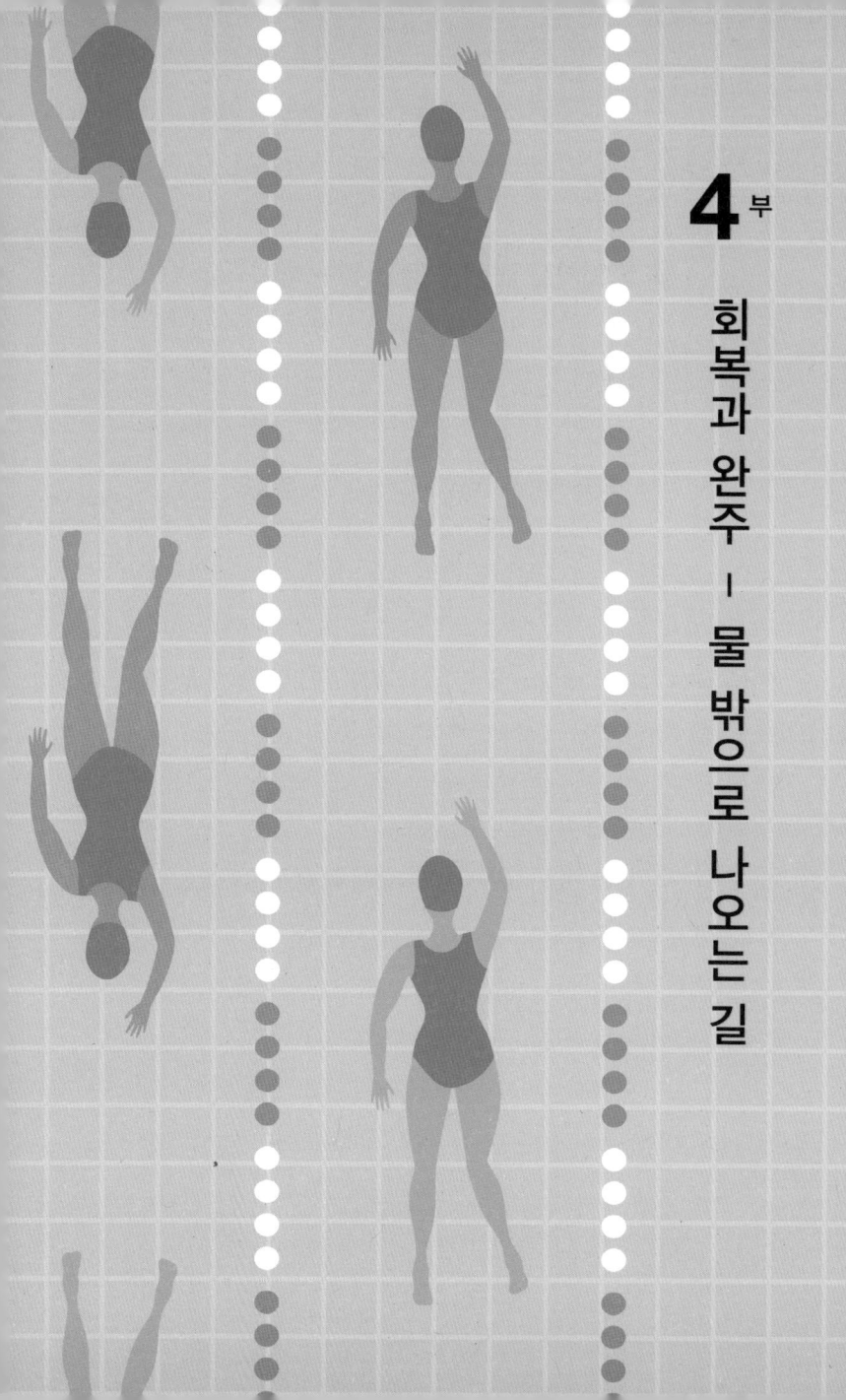

4 부

회복과 완주 ― 물 밖으로 나오는 길

24. Interval

물 밖에서도 리듬을 잃지 않는 법

수영 선수에게 물 밖의 시간은 늘 낯설다. 중력의 무게를 온 몸으로 받아내며 걷는 지상의 시간은, 부력이 나를 떠받쳐주던 물속의 평온함과는 사뭇 다르기 때문이다.

나 역시 선수로서 물속과 물 밖의 경계에서 치열하게 흔들리 던 시절이 있었다. 올림픽 메달리스트도, 대중의 스포트라이트 를 받는 스타 선수도 아니었던 나에게 아레나 코리아의 전속 모 델 제안은 예상치 못한 'Interval'처럼 찾아왔다.

2017년 전국체전이 끝난 뒤, 수영장 앞 카페에서 처음 그 제안을 마주했을 때 기쁨보다 먼저 든 감정은 망설임이었다.

'내가 이 역할을 감당할 수 있을까', '내가 받아도 되는 기회일까'. 며칠 뒤 우연찮게 다른 브랜드들의 제안이 이어졌지만 고민은 쉽게 가라앉지 않았다. 결국 아빠께 조언을 구했다. 내 설명이 끝나기도 전에 돌아온 대답은 짧고도 단호했다.

"아레나로 해라."

아빠는 내가 어린 시절, 남대문 시장에서 수영복을 고르며 당대 최고 수영선수인 최윤희선배와 조희연선배의 사진을 보고 딸의 미래를 꿈꿨다고 했다. 그 목소리를 듣는 순간 망설임은 더 이상 의미가 없었다. 그 선택은 단순한 계약이 아니라, 나의 수영 인생을 어떤 방식으로든 한 번 더 이어가겠다는 운명적인 다짐처럼 느껴졌다.

아레나 모델로서의 시간은 기록을 단축하는 경기력의 연장선은 아니었다. 하지만 분명, 훈련과 일상 사이를 지탱해 주는 밀도 높은 Interval이었다.

그 당시 남성 모델이었던 박태환 선배와의 첫 화보 촬영 날,

밤 9시부터 다음 날 아침 6시까지 이어진 강행군은 경기만큼이나 고됐지만 그 역시 하나의 훈련처럼 지나갔다. 방식만 달랐을 뿐, 집중과 버팀의 에너지는 수영장 안에서와 다르지 않았다. 몸은 비록 물 밖에 서 있었지만, 나는 여전히 수영 선수의 호흡으로 하루를 살고 있었다.

2017년에 시작된 이 인연은 어느덧 2026년 오늘까지 이어지고 있다. 처음엔 그저 1년이면 충분할 거라 생각했던 선택이, 이제는 시간이 쌓여 만들어낸 하나의 증명이 되었다.

선수로서 치열했던 정점의 시기도, 부상으로 인내하던 시기도, 그리고 지도자와 연구자의 자리로 옮겨가던 변화의 순간도 있었다. 하지만 그 모든 부침 속에서도 아레나 모델로 이어온 삶의 리듬만큼은 단 한 번도 어긋난 적이 없었다. 이제 나는 이 관계를 성과에 대한 보상이 아니라, '나의 본질을 잃지 않게 해주는 리듬의 유지'라고 믿는다.

인터벌은 쉬는 시간이지만, 완전히 멈추는 시간은 아니다. 심박수는 낮추되 다음 세트를 다시 시작할 준비를 하는 구간이다. 이 짧은 틈에서 리듬을 잃지 않았기에, 나는 수영을 '끝내지 않고' 연구자라는 다른 속도의 레이스로 이어올 수 있었다.

때로 우리에게는 이런 인터벌이 필요하다. 잠시 물 밖으로 나와 거친 숨을 고르고, 다시 기쁘게 물속으로 돌아갈 에너지를 얻는 시간. 그 소중한 틈 덕분에 나는 오늘도 내 삶이라는 레인을 멈추지 않고 완영하고 있다.

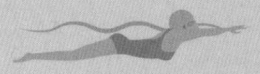

혹시 당신의 삶에서 무언가를 '계속하기 위해'
선택한 당신만의 특별한 인터벌이 있나요?

때로는 정공법이 아닌 길 위에서 만난 예기치 못한
기회들이, 오히려 당신의 본업을 더 빛나게 하는
가장 아름다운 배경이 되기도 합니다.
오늘 당신이 머무는 그 짧은 틈새의 시간 속에서,
당신은 다시 물속으로 뛰어들 에너지를
어떻게 채우고 있나요?

25. Tapering

비워야 다시 채워진다

Tapering.

수영에서 이 말은 대회를 앞두고 훈련량을 줄이는 조정기를
뜻한다.

훈련은 줄어들지만, 몸은 더 날카로워진다. 지치고 무거워진
몸을 비워내야 진짜 힘이 깨어나기 때문이다.

나는 한때, 쉬는 법을 몰랐다.

일이 주어지면 무조건 다 했다.

시간이 남으면 새로운 일을 만들었고, 몸이 아파도 참고 뛰었
다. 그게 성장이라고 믿었다.

2011년, 고등학교 3학년 전국체전 3관왕.

곧장 실업팀 계약이 들어왔고, 나는 최고의 조건으로 계약서에 사인했다.

하지만 어른들의 갈등 속에서 계약은 하루아침에 파기됐다.

그 사건은 나에게 깊은 좌절을 안겼지만 동시에 결심도 안겨 줬다.

"앞으로 내 인생은 내가 책임진다."

그때부터 나는 채우는 삶을 시작했다.

자격증, 학위, 경험, 커리어…

계속해서 플러스만을 원했다.

그 결과, 스물아홉에 나는 선수, 코치, 감독, 교수라는 네 가지 역할을 모두 경험한 사람이 됐다.

사람들은 대단하다고 했고, 나도 어느 정도는 그렇게 믿었다.

하지만 어느 날, 그 믿음이 흔들리기 시작했다.

2022년. 건강검진에서 눈과 간에 이상이 있다는 소견을 받았다.

간에 혹이 생겼고, 그 크기가 빠르게 자라고 있었다.

MRI, 초음파, 재검사…

하지만 나는 그 와중에도 전국체전에 출전했고, 우승도 했다.

"괜찮을 거야." 그렇게 스스로를 위로했다.

하지만 6개월 뒤, 혹은 두 개로 늘어나 있었다.

그제야 나는 생각했다.

"계속 더해오기만 한 이 삶…

이젠 비워야 할 때가 아닐까?"

그때부터 나는 내 삶의 '테이퍼링'을 시작했다.

불필요한 강의는 줄였고, 억지로 짜 넣었던 훈련도 잠시 멈췄다.

우선순위를 세우고, 내려놓는 연습을 했다.

일이 줄어드니 불안했다.

내가 약해지는 것 같았고, 게을러지는 것 같았다.

하지만 몸이 반응했다.

통증이 조금씩 가라앉고, 숨이 다시 들어오기 시작했다.

테이퍼링은 쉼이 아니다.

회피도 아니다.

진짜 중요한 경기를 위해 힘을 모으는 과정이다.

지금 나는 또 다른 경기를 준비 중이다.

더 오래, 더 단단하게 나아가기 위해 나는 오늘도 나를 조금씩 비운다.

비워야 다시 채워진다.

이것이 내가 배운 진짜 성장의 공식이다.

혹시 당신의 인생이라는 레인이
너무 많은 짐으로 가득 차서, 정작 속도를 내야 할
때 무거워진 몸을 원망하고 있지는 않나요?

지금 당신에게 필요한 것은 더 강한 발차기가 아니
라, 불필요한 힘을 빼는 '테이퍼링'의
시간일지도 모릅니다. 오늘 당신이 내려놓은
그 짐들이 당신을 어떻게 더 자유롭고 날카로운
레이서로 만들어줄까요?

26. Spurt

마지막을 끌어올리는 집중력

Spurt.

수영에서 이 용어는 마지막 구간의 폭발적인 집중력을 뜻
한다.

마무리를 어떻게 하느냐가 그 사람의 진짜 실력을 말해준다.

이미 지친 몸, 고갈된 에너지. 하지만 마지막 10m, 마지막 스
트로크에서 다시 속도를 끌어올린다.
기록은 바로 이 순간에 결정된다.
삶도 마찬가지다.

모든 걸 걸어야 하는 결정적인 순간이 있다.

그 순간, 평소의 나를 믿고, 남아 있는 힘을 끌어올릴 수 있는가.

그게 그 사람의 진짜 실력이고, 진짜 집중력이다.

나에게 Spurt는 교수가 되기 위한 마지막 질주에서 찾아왔다.

만 28세.

이력서 한 장으로 시작된 지원은, 서류전형, 공개강의, 영어면접, 총장면접까지 단 한 순간도 느슨할 수 없는 장거리 레이스였다.

그 중에서도 공개강의는 가장 큰 산이었다.

지원자는 많았고, 모두가 뛰어난 경력을 지녔으며, 심사위원들의 표정은 냉정하고 날카로웠다.

강의실에 들어서는 순간, 수영장 출발대에 선 것처럼 심장이 떨렸다.

하지만 나는 나 자신에게 말했다.

"여기까지 왔으면, 끝까지 가보자."

그날 나는, 지금까지 수없이 했던 강의들, 선수로서의 훈련 루틴, 지도자로서의 언어, 연구자로서의 논리와 구성력을 모두 다 끌어올렸다.

그 순간만큼은 나의 스퍼트였다.

후회 없는 터치를 위해, 오직 '내가 되어야만 하는 이유'를 집중적으로 보여주었다.

영어면접도 만만치 않았다.

긴장한 상태에서, 심사위원들과 영어로 질의응답을 주고받으며 나의 전문성과 교육 철학을 설득력 있게 전달해야 했다.

순간순간 머리가 하얘졌지만, 나는 버텼다.

그동안 학회에서, 국제 교류프로그램에서, 그리고 운동장에서 쌓아온 나의 경험이 그 자리에 선 '나'를 붙잡아줬다.

마지막 총장면접까지. 나는 숨 가쁜 수면 위를 헤엄치듯 모든 구간을 치열하게 통과했다.

며칠 뒤, 최종 합격 통보가 왔다. 그 순간, 나는 울었다.

내가 그렇게 바라고, 그렇게 달려온 '교수'라는 이름 앞에서 나는 비로소 멈춰 설 수 있었다.

하지만 그건 결승선이 아니라, 새로운 레이스의 출발선이었다.

Spurt는 단지 마지막 폭발이 아니다.

그동안 차곡차곡 쌓아온 힘이 필요한 순간에 제대로 터져나오는 것이다.

내가 교수가 될 수 있었던 건 그 마지막 순간에 운이 좋았기 때문이 아니라, 그 전까지 절대 포기하지 않았기 때문이다.

　내게 교수 임용은 인생의 스퍼트 구간이었다.
　모든 걸 걸어야 하는 순간, 그동안의 나를 믿고 몰입할 수 있었기에 결국 내가 닿고 싶었던 목표에 닿을 수 있었다.

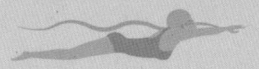

모든 것을 걸어야 하는 인생의 승부처에서,
당신은 당신 자신을 얼마나 신뢰하고 있나요?

숨이 턱 끝까지 차올라 시야가 흐려질 때가
바로 당신의 진짜 실력이 드러날 순간입니다.
멈추고 싶은 유혹을 이겨내고 전력으로
물살을 가르세요.
그 마지막 스퍼트가 당신의 기록을 바꾸고,
당신의 삶을 완전히 다른 차원으로
이끌어줄 것입니다.

27. Descending

점점 더 가볍고, 단단해지는 나

Descending.

수영에서는 기록이 거꾸로 내려가는 훈련을 말한다.

반복되는 인터벌 속에서, 매 구간마다 시간을 조금씩 줄이며

자신의 한계를 아주 좁게, 그러나 분명하게 밀어붙이는 방식

이다.

처음엔 숨이 가쁘다.

두 번째엔 호흡이 흐트러지고, 세 번째쯤 되면 정신이 잠시

멀어진다.

그럴수록 필요한 건 더 큰 힘이 아니라, 더 정확한 집중과 더

가벼운 몸이다.

나는 이 말을 좋아한다.

"기록은 줄이고, 생각은 덜고, 마음은 가볍게."

한때의 나는 정반대였다.

이루고 싶은 것도, 붙잡고 싶은 것도 너무 많았다.

선수로서, 교수로서, 연구자로서, 모든 역할에서 빠지지 않으려 애썼다.

그러다 어느 순간, 몸이 먼저 무너졌다.

허리와 어깨는 상할 대로 상했고, 피로는 마음까지 잠식했다.

그 무렵이었다.

제103회 울산 전국체전을 열흘 앞두고 있던 시기.

흉추 골절은 여전히 회복되지 않았고, 억지로 컨디션을 끌어올리는 사이 요추, 횡경막, 무릎, 발목까지 아프지 않은 곳을 찾는 게 더 어려웠다.

그래도 훈련을 멈추지 못했다.

포기하지 못했기 때문이다.

2022년 전국체전에서 나는 두 장의 ID카드를 들고 다녔다.

하나는 선수용, 다른 하나는 전국체전 기념 한국체육학회 학술대회 연구자용.

경기가 열리는 울산 문수수영경기장과 학술대회가 열리는 울산대학교 해송홀.

서로 전혀 다른 공간을 나는 하루 안에 오가야 했다.

경기 일정이 없는 날, 정장을 입고 학회장에 서서 포스터 앞에서 연구 내용을 설명했다.

그리고 발표가 끝나자마자 서둘러 숙소로 돌아가 수영복으로 갈아입고 웜업을 하러 나갔다.

그날 문득 이런 생각이 들었다.

나는 지금 무엇을 증명하려 하고 있을까.

2018년 익산 전국체전에서 나는 처음으로 두 장의 ID카드를 목에 걸었다.

원광대학교에서 포스터 발표를 마치고 전주 완산 수영경기장으로 이동해 선수로서 웜업을 하던 그 하루.

그때는 그저 '버티는 것'이 목표였다.

하지만 이번 울산에서는 달랐다.

나는 더 이상 모든 것을 꽉 쥐지 않기로 했다.

경기에서도, 발표에서도 완벽하려 애쓰기보다 지금의 몸이 허락하는 만큼만 하기로 했다.

신기하게도 그렇게 덜어내자 오히려 흐름이 살아났다.

몸은 조금 가벼워졌고, 생각은 명료해졌다.

결과에 대한 집착이 줄어들수록 지금 이 구간에 더 집중할 수 있었다.

그제야 나는 이해했다.

Descending은 무작정 더 빠르게 가는 훈련이 아니라, 불필요한 힘을 하나씩 빼내며 끝까지 유지할 수 있는 리듬을 찾는 과정이라는 걸.

지금의 나는 예전보다 훨씬 덜 욕심을 낸다.

하지만 그 대신 더 오래 버틸 수 있고, 더 단단하게 남아 있다.

나는 여전히 내려가고 있다.

기록을 줄이고, 생각을 덜고, 삶의 무게를 하나씩 덜어내며. 그리고 확신한다.

가벼워질수록, 나는 더 단단해지고 있다는 것을.

혹시 완벽해야 한다는 강박이
당신의 몸과 마음을 짓눌러,
정작 나아가야 할 길을 가로막고 있지는 않나요?

인생이라는 디센딩 구간에서 가장 필요한 것은
더 많은 성취가 아니라, 끝까지 유지할 수 있는
나만의 리듬을 찾는 일입니다.
당신을 무겁게 하던 것들을 하나둘 내려놓을 때,
비로소 당신의 진짜 실력이 가볍고 단단하게
터져 나올 것입니다.

28. Easy

잠시 숨 고르기,
삶을 유지하기 위한 필수 구간

Easy는 수영 훈련 중간, 빠르게 수영하지 않고 천천히 몸을 풀며 호흡을 정비하는 구간이다.

코치들은 종종 말한다. "진짜 수영은 Easy할 때 나온다"고. 긴 훈련 시간 속에서 몸을 지키고, 다음을 준비하기 위한 회복의 시간. 어쩌면 Easy는 Dash보다 더 중요할 수 있다.

시합장에 가면, 나는 늘 긴장과 설렘이 교차하는 감정 속에서 잠을 설치곤 했다. 혹은 푹 자더라도 알람이 울리기도 전에 잽싸게 일어났다. 언제나처럼.

예선이 끝난 뒤에는 숙소로 돌아와 몸을 눕히지만, 막상 잠은 오지 않았다. 결승전의 긴장감이 몸을 붙잡고 있었기 때문이다. 어릴 때도 그랬다. 아빠는 "눈이라도 붙여야지" 하며 조용히 불을 꺼줬지만, 나는 한 번도 제대로 잠든 적이 없었다. 그래서 룸메이트 동생이 묻곤 했다.

"언니는 왜 잠을 안 자요?"

"그냥… 눈만 감고 있어."

하지만 어느 순간부터 나의 시합장 패턴이 완전히 바뀌었다. 정확히는, 2017년 겨울 이후였다.

그 무렵의 나는 하루하루를 쫓기듯 살고 있었다. 코치, 강사, 연구원, 그리고 다시 수영선수. 여러 역할 속에서 부족함을 감추지 못했고, 그것이 싫어서 더 애썼다. 밤샘은 습관처럼 반복되었고, 철야신청은 연구실에서의 기본 수칙이 되었다. 라꾸라꾸 침대는 내 자리가 되어 있었다.

그런 삶을 살다가 시합장에 도착하면, 나는 잠만 잤다. 눈이 떠지지 않았다. 식사를 거르고 웜업을 가지 못했고, 그 상태로 뛰는 경기가 늘어났다. 몸이 반응하지 않았다.

경기력도 점점 내려가기 시작했다.

나는 이유를 몰랐고, 그래서 더 조급해졌다.

그때, 나보다 한참 어린 후배가 조용히 말했다.

"언니는 시합장에 와서 쉬잖아요."

정곡을 찔렸다. 그 한마디에 숨이 멎는 것 같았다.

다들 시합장에 오기 전 충분히 쉬고 최상의 컨디션으로 물에 뛰어들지만, 나는 삶의 모든 피로를 짊어진 채 물속으로 도망치듯 들어간다. 어쩌면 물은 내가 세상으로부터 숨을 수 있는 유일한 도피처였는지도 모른다.

그런데도 시합장에서 보내는 그 일주일이, 내게는 Easy였다.

다른 모든 것을 미뤄두고, 오직 나에게만 집중할 수 있는 시간.

그것은 결코 만만한 '쉬운 시간'이 아니라, 반드시 필요한 시간이었다.

쉬지 않으면 버틸 수 없고, 숨을 고르지 않으면 다시 뛰어들 수 없다.

Easy가 없다면, 폭발적인 대시(Dash)도, 과감한 다이브(Dive)도, 끝까지 밀어붙이는 네거티브(Negative)도 불가능하다. 그러니, 이제는 쉬는 법도 연습해야 한다.

당신은 언제 마지막으로 아무런 목적 없이
편안한 숨을 내뱉어 보았나요?

때로는 멈춰 서 있는 시간이 가장 치열한
성장의 시간이 되기도 합니다.
당신의 몸과 마음이 보내는 신호를 외면하지 마세요.
비어있는 구간인 '이지'를 소중히 여기는 사람만이,
비로소 인생이라는 긴 레인을 끝까지 완주할
힘을 얻게 됩니다.
오늘 당신의 일상에 어떤 '이지' 구간을 선물하고
싶으신가요?

29. Cool Down

멈추고 돌아보는 시간

Cool Down.

경기를 마친 후, 가장 마지막으로 하는 루틴.

과열된 심박을 가라앉히고, 긴장으로 뭉친 근육을 풀어주는 시간.

겉보기엔 멈추는 것처럼 보이지만, 사실은 '다음을 위한 준비'다.

그날 훈련의 끝이기도 하지만, 내일 훈련으로 이어지기 위한 연결 고리.

오늘의 회복이 있어야 내일 더 멀리, 더 오래 나아갈 수 있다.

나는 오랫동안 이 사실을 몰랐다.

끝나자마자 다음을 향해 뛰었다.

숨을 고를 틈도, 돌아볼 여유도 없이 항상 다음 레이스를 준비했다.

몸은 괜찮다고 믿었다.

아니, 믿고 싶었다.

그러다 어느 겨울, 나는 처음으로 '과열된 상태' 그대로 연속된 이틀을 통과하고 있었다.

금요일 오전, 한국체육대학교에서 열린 스포츠 코칭학회.

수영 경기력 향상을 주제로 선수, 코치, 연구자들이 한 공간에 모였다.

발표자로 단상에 서 있었지만 나는 동시에 현역 선수였다.

학회장에서 만난 얼굴들은 늘 수영장에서만 마주치던 사람들이었고, 그 익숙함이 오히려 더 긴장을 불러왔다.

발표를 마치자마자 숨을 돌릴 틈도 없이 장소를 옮겼다.

올림픽파크텔. 엘리트 스포츠의 미래를 주제로 한 또 다른 학회. 토론은 뜨거웠고, 의견은 날카로웠다.

선수로서 공감되는 지점과 연구자로서 거리 두어야 할 지점 사이에서 나는 계속 균형을 잡고 있었다.

그날 밤, 집으로 돌아와서야 나는 비로소 몸이 무겁다는 걸 느꼈다.

하지만 끝이 아니었다.

다음 날 아침, 다시 한국체육대학교.

이번엔 학생들과 함께였다.

아이디어 공모전 리허설, 이어지는 철학회 발표 준비.

정장을 입고 포스터 앞에 서 있다가 잠시 후에는 운동복으로 갈아입고 다시 다른 역할의 나로 이동했다.

이틀 동안 나는 세 개의 학회에서 세 개의 서로 다른 얼굴로 존재했다.

발표가 모두 끝난 뒤, 집으로 돌아오는 길에야 몸의 긴장이 한꺼번에 풀렸다.

그제야 알았다.

나는 그동안 쿨다운 없이 살아왔다는 걸.

멈추지 않았던 게 아니라, 멈출 줄을 몰랐다는 걸.

Cool Down은 게으름이 아니다.

도망도 아니다.

오늘의 나를 정리하지 않으면 내일의 나는 더 무거워진다.

회복하지 않은 몸으로 다음 레이스를 뛰는 건 결국 나 자신을 소모시키는 일이다.

요즘 나는 의도적으로 속도를 늦춘다.

하루를 마치고 무엇이 좋았는지, 무엇이 과했는지, 어디서 숨이 막혔는지를 천천히 되짚는다.

그 시간이 있어야 다음 날, 다시 물에 들어갈 수 있다.

Cool Down은 끝이 아니다.

나를 계속 헤엄치게 하기 위한 가장 성실한 준비다.

그래서 오늘도 나는 몇 바퀴 천천히 돌며 몸을 식히고,

마음을 가라앉힌다.

그리고 조용히 나에게 말한다.

"오늘은 여기까지.

내일도, 오래 헤엄치기 위해."

당신은 오늘 하루,
과열된 마음을 식히고 뭉친 긴장을 풀어주는
'쿨다운'의 시간을 충분히 가졌나요?

기억하세요. 멈추지 않고 달리는 것만이
성실함은 아닙니다. 오늘 흘린 땀과 수고를 정성껏
갈무리하고 스스로에게 '여기까지 잘 왔다'고
말해주는 시간이야말로, 내일의 당신을
더 멀리 헤엄치게 할 가장 성실한 준비입니다.
오늘 밤, 당신의 무거운 어깨를 가볍게 해줄
당신만의 따뜻한 쿨다운은 무엇인가요?

30. Last Lap

마지막 구간, 다시 나를 수영하다

경기에서 'Last Lap'은 모든 에너지를 걸고 마지막으로 밀어
붙이는 구간이다.

하지만 단순히 속도만 높이는 시간이 아니다.

앞선 모든 기록, 페이스, 턴, 호흡을 하나로 모아 가장 '나다
운' 레이스를 완성하는 순간이다.

내 인생의 Last Lap은 어쩌면 지금부터 시작인지 모른다.

2015년 국가대표 선발 부당 탈락 이후 스포츠의 '어두운
단면'을 본 나는 다시는 수영계를 마주하고 싶지 않다고 생각
했다.

하지만 이상하게도 세월이 지나면서 오히려 더 많은 강단에

서 나는 수영을 이야기하고, 윤리를 이야기하게 되었다.

어느 순간 깨달았다.

나는 수영을 떠난 것이 아니라, 수영을 다른 방식으로 다시 시작하고 있었다.

특히 최근 진천국가대표 선수촌에서 전종목의 국가대표 선수들을 대상으로 진행한 'SNS 윤리 · 인권 교육' 강연의 날이 기억난다.

훈련으로 지친 얼굴이지만 한 마디도 놓치지 않겠다는 눈빛으로 앉아 있는 선수들.

그 앞에 선 나는 예전의 선수 임다연이자, 지금의 교수 임다연이었다.

"여러분의 글, 여러분의 말, 여러분의 행동이 선수 개인의 이미지가 아니라 한국 스포츠의 얼굴이 됩니다."

그날 이후, 나는 강연을 단순한 지식 전달이 아니라 '다음 세대에게 남기는 메시지'로 여기게 되었다.

그리고 2025년 가을, 나는 인생의 또 다른 중요한 Last Lap을 밟게 되었다.

ICECP.

ICECP(International Coaching Enrichment Certificate Program)는 IOC(국제올림픽위원회)와 미국 델라웨어 대학교, 미국 올림픽 · 패

러림픽 위원회가 공동 운영하는 세계 최고 권위의 국제 지도자 양성 프로그램이다.

전 세계에서 선발된 정예 코치들이 한자리에 모여 올림픽 가치와 스포츠윤리, 선진 코칭 방법론을 학습한다. 특히 '엘리트 체육의 성과와 선수의 인간적 성장을 어떻게 조화시킬 것인가'라는 본질적 질문에 대한 해답을 찾으며, 각국의 스포츠 환경을 변화시킬 실질적인 프로젝트를 연구하는 과정이다.

이 자리에 오기까지는 세 번의 도전이 필요했다.

서류를 준비하고, 추천을 받고, 탈락을 받아들이고, 다시 방향을 다듬어 재도전했다.

그렇게 3년에 걸쳐 문을 두드린 끝에, 2025년 ICECP 한국 대표로 선발되었다.

그해, 국내 유일한 수혜자였다.

그리고 경영 종목을 전공한 코치로는 최초였다.

아리조나의 뜨거운 태양 아래, 아침마다 울리던 풀장의 호루라기 소리, 세계적인 지도자들의 날카로운 피드백 속에서 나는 다시 한 번 깨달았다.

이 레이스는 더 이상 수영장 안에만 있지 않다는 것을. ICECP 과정 중에는 국제 코칭 컨퍼런스(IOC 연계 세션)에서 각자의 연구와 현장 사례를 발표하는 시간이 주어진다.

나는 한국 스포츠 현장에서 쌓아온 경험, 그리고 스포츠윤리

연구자로서의 질문을 세계 각국의 코치들 앞에서 꺼내 놓았다.

그 순간 확신이 들었다.

나의 경험과 사유는, 이곳에서도 통할 수 있겠구나.

ICECP는 나에게 "너의 마지막 랩은 아직 오지 않았다" 라고 말해준 시간이었다.

Last Lap은 끝이 아니다.

지금까지의 모든 레이스를 안고, 다시 나를 밀어붙이는 새로운 출발점이다.

속도를 줄일지, 다시 끌어올릴지는 이제 내가 선택할 수 있다.

마지막 구간이라고 해서 멈추는 게 아니다.

지금까지의 나를 모아, 다시 내 페이스로 나아가는 시간.

내 인생의 레이스는 아직도 계속되고 있다.

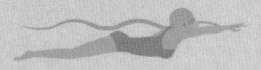

당신은 지금 이 레이스의 끝에서,
모든 것이 마무리되었다고 생각하며 멈춰 서 있지는
않나요?

기억하세요. '라스트 랩'은 단순히
경기를 끝내는 구간이 아니라, 당신이 지나온
모든 호흡과 턴, 그리고 수많은 시련을
하나로 모아 가장 '나다운' 모습으로 거듭나는 순간
입니다. 오늘 당신이 찍은 그 터치패드는 마침표가
아니라, 더 넓은 바다를 향해 뛰어들 당신만의
새로운 출발선이 될 것입니다. 당신의 다음 레이스
는 어떤 풍경을 향해 흐르게 될까요?

31. Finishing Touch

내가 닿고 싶었던 목표에 닿다

수영에서는 마지막 'Touch'가 모든 것을 결정한다.

레이스가 끝나고 손끝으로 전광판을 누르는 순간, 초시계는 멈추고 경기는 종료된다. 터치가 정확해야 기록이 인정되고, 그 한순간이 경기 전체를 좌우하기도 한다.

내 20대가 끝나갈 무렵, 사람들은 내게 말했다.

"하고 싶은 걸 해. 인생은 한 번뿐이야."

"좀 재미있게 살아봐. 지금 너, 너무 재미없어 보여."

그 말을 들을 때마다 생각했다.

지금 나는, 내 삶이 너무 재미있는데?

물론, 마음처럼 일이 풀리지 않거나, 하고 싶은 일을 다 할 수 없는 순간은 괴롭다. 선택해야 할 시점이 오면 항상 고민은 깊어지고, 때로는 그 갈등에 지치기도 한다.

그럼에도 돌아보면, 나는 언제나 그때그때 하고 싶은 것을 해왔다.

스무 살, 실업팀 계약이 파기되었을 때 나는 레슨비를 벌기 위해 수영강사 아르바이트를 시작했다.

하지만 어느 순간, 강사로서 수영 선수를 키우고 싶은 마음이 생겼고, 망설임 없이 실행에 옮겼다. 필요한 자격증을 땄고, 곧장 내 팀을 만들었다. 그리고 학교 수영부 코치 자리도 꿰찼다.

그 이후에는 공부가 하고 싶어 공부했고, 논문을 쓰고 싶어 논문을 썼다.

심판이 되고 싶어 심판이 되었고, 강의가 하고 싶어 강의를 시작했다.

감독이 하고 싶어 감독이 되었고, 글을 쓰고 싶어 이렇게 글을 쓰고 있다.

쉬운 길은 아니었다. 하지만 그렇다고 아주 어려웠던 것도 아니다.

나는 지금도 여전히, 누군가에겐 구질구질하게 보일 수 있는 수영선수의 삶을 지속하고 있고, 부족해 보일지라도 더 나은 스포츠윤리학자가 되기 위해 공부하고 있다.

문제는…

하고 싶은 게 너무 많다는 것이다.

모든것을 다 가질 수는 없다는 걸 알면서도, 그 순간만큼은 결정을 내리기 힘들다.

이것도 하고 싶고, 저것도 하고 싶고.

이걸 해도 괜찮을 것 같고, 저걸 해도 나쁘지 않을 것 같고.

그럴 때면 '다 가질 수 있는 방법은 없을까?'라는 생각에 빠져 허우적댄다.

우유부단해지는 나를 보며, 스스로 놀랄 때도 있다.

그럼에도 분명한 것은, 나는 지금까지 하고 싶은 것을 하며 살아왔다는 사실이다.

비록 속도는 느릴지라도, 나만의 리듬으로.

누군가에게는 하고 싶은 일이 여행을 떠나는 것일 수 있고,

또 어떤 이에게는 술을 마시거나, 춤을 추거나, 뮤지컬을 보는 것일 수 있다.

그 일이 다른 사람의 '하고 싶은 일'과 다르다고 해서, 그 사람이 재미없는 인생을 사는 것도 아니고, 억지로 살아가는 것도 아니다.

서로의 선택을 존중해야 한다. 삶의 속도도, 방식도, 그리고 도착점도 각자 다르니까.

그리고 나는 지금 이 순간에도, 후회 없는 터치를 위해 레이스를 하고 있다.

마지막 손끝이 전광판에 닿는 그 순간, 나의 레이스가 자랑스러울 수 있기를.

내 인생의 기록이, 나 자신에게 떳떳할 수 있기를.

누구는 먼저 도착하고, 누구는 돌아가고, 누구는 아직 출발하지 않았을 수도 있다.

그러니 '터치'는 순위가 아니라, 각자가 스스로에게 내리는 마지막 확인이자, 용기 있는 마침표다.

터치의 순간, 후회 없이.

혹시 당신은 목표에 닿는 순간의 성취보다,
그 목표를 향해 나아가는 '하고 싶은 일을 하는 과정'
자체에서 더 큰 살아있음을 느끼고 있지는 않나요?

완벽한 터치는 순위표의 1등이 아니라,
자신의 선택에 떳떳한 사람만이 누릴 수 있는
특권입니다. 오늘 당신이 찍은 이 마침표가
다음 레인으로 넘어가기 위한 가장 든든한
디딤돌이 되어주길 바랍니다.
당신의 손끝에 닿은 그 뜨거운 자부심을 품고,
이제 당신은 어떤 다음을 준비하고 싶나요?

32. Lane ropes

내 길을 지켜준 경계들

수영장에서 'Lane ropes(레인 로프)'는 단순한 경계선이 아니다. 그것은 옆 레인에서 넘어오는 거친 파도를 흡수하고, 내가 만든 물살이 나를 방해하지 않도록 최소화하며, 선수가 자신의 코스에서 이탈하지 않게 돕는 '보이지 않는 울타리'다. 돌아보면 내 치열했던 인생의 레인에도 나를 묵묵히 지탱해 준 로프들이 있었다.

첫 번째 로프는 아빠였다. 물이 무서워 울기만 하던 어린 딸의 손을 잡고 매일 수영장으로 향하던 사람. 기절했던 날조차 "오늘 가지 않으면 공포가 더 커질까 봐"라는 이유로 나를 다시 물속으로 밀어 넣어준 사람. 내가 어떤 무모한 도전을 하든 묵묵히 등 뒤를 받쳐준 아빠는 내 생의 가장 단단한 시작점이었다. 누군가 내게 어떻게 여기까지 왔느냐 묻는다면, 나는 망설임 없이 대답한다. "나를 감싼 레인 로프가 누구보다 견고했기 때문"이라고.

두 번째 로프는 스승과 멘토들이었다. 2015년 부당한 탈락으로 모든 걸 포기하려던 내게 "이렇게 끝내는 건 너답지 않아"라고 말해준 코치님, 그리고 그 흐름이 끊기지 않게 학문의 길로 인도해 주신 지도교수님. 그분들은 내가 감정에 휘둘릴 때마다 '방향'을 보게 해주었다. 조급해할 땐 속도를 늦춰주었고, 길을 잃으려 할 땐 "네가 서 있는 이 레인은 틀리지 않았다"라고 말하며 나의 궤도를 지켜주었다.

세 번째 로프는 제자들과 친구들이었다. "선생님은 1등인데 왜 국가대표가 아니에요?"라는 아이의 순수한 질문은 내가 스포츠윤리학이라는 새로운 레인을 선택하게 된 결정적 계기가 되었다. 또한, 내가 어떤 화려한 이름으로 불리든 본질의 나를 알아봐 주고, 성공보다 실패의 순간에 더 가까이 다가와 준 친구들은 내 삶의 균형추였다.

마지막 로프는 나 자신의 신념이었다. 물속에서 배운 정직과 경기장에서 익힌 책임, 그리고 부당함 속에서 길어 올린 공정함. 이 가치들이 모여 '임다연'이라는 레인을 유지하는 가장 강력한 힘이 되었다.

레인 로프는 화려하게 주목받지 않는다. 하지만 그것이 없다면 선수는 옆 레인의 물살에 휩쓸려 방향을 잃고 만다. 삶은 혼자 헤엄치는 것 같지만, 사실은 보이지 않는 로프들이 우리를 지켜주고 있다. 당신 곁에도 반드시 존재할 그 로프들을, 우리는 결코 잊지 말아야 한다.

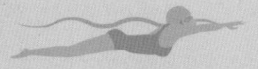

당신은 지금 거친 파도를 홀로 맞서며
외로운 사투를 벌이고 있다고 생각하나요?

잠시 멈춰 당신의 곁을 둘러보세요.
비록 화면에는 나오지 않지만,
당신이 길을 잃지 않도록 묵묵히 물살을 막아주고
방향을 잡아주는 당신만의
'레인 로프'가 보일 것입니다.
당신의 레이스를 지켜주는 그 소중한 존재들에게
마음을 전해본 적 있나요?
그들이 있기에,
당신은 오늘 다시 당신답게 헤엄칠 수 있습니다.

33. Open Water

경계 없는 삶을 향한 확장

수영장에서의 경기는 항상 네모난 풀장에서 열린다.

정해진 코스, 정해진 길이, 정해진 룰 안에서 움직인다.

하지만 Open Water는 다르다.

바다, 호수, 강… 경계도 없고, 물살도 제멋대로이고, 어디서 파도가 올지 알 수 없다.

그래서 오픈워터는 용기 있는 사람의 경기다.

지금의 나는 점점 더 그 광활한 오픈워터를 닮아가고 있다. 선수 시절의 나는 0.1초의 차이와 1번 레인이라는 정교하고 명확한 세계에서 자랐다. 하지만 교수로서 강단에 서고, 스포츠윤리를 연구하며, 전 세계 지도자들과 ICECP에서 어깨를 나란히 하며 나는 깨달았다. 진짜 삶의 레이스는 울타리 밖에서 시작된다는 것을.

아리조나의 뜨거운 밤, 각국의 지도자들과 나눴던 치열한 문답들이 떠오른다.

"스포츠윤리는 보편적 가치인가?"

"선수의 인권을 지키는 가장 현실적인 방법은?"

"우리는 왜 코칭을 하는가?"

언어는 달랐지만 우리는 모두 스포츠가 가진 '선한 영향력'이라는 하나의 바다를 품고 있었다. 그 순간, 나는 비로소 레인을 벗어났다. 내 서사와 경험이 국경을 넘어 세상의 물줄기와 연결될 수 있음을 확신한 것이다.

오픈워터는 정답을 찾는 곳이 아니라, 스스로가 정답이 되어 방향을 만드는 곳이다.

누군가는 선수이자 교수, 연구자이자 작가로 살아가는 나의 다각적인 삶을 '방황'이라 부를지도 모른다.

하지만 나는 안다. 이것은 방황이 아니라, 더 깊고 넓은 대양으로 나아가기 위해 내 몸의 모든 감각을 깨우는 여정임을.

레인이 사라진다고 해서 길이 사라지는 것은 아니다. 오히려 레인이 사라질 때 비로소 우리는 어디로든 갈 수 있는 무한한 자유를 얻는다.

나는 이제 두려움 없이 말한다. 나는 지금 나만의 바다를 건너고 있다고. 물살에 휩쓸리는 것이 아니라 스스로 물살을 만들어가는 삶. 그것이 내가 수영을 통해 얻은 가장 값진 깨달음이자, 내 삶을 지탱하는 위대한 유산이다.

당신은 지금 안전하지만 좁은 레인 안에서,
누군가 정해준 길로만 헤엄치고 있지는 않나요?

기억하세요.
당신을 가로막던 울타리가 사라지는 순간,
비로소 당신의 진짜 레이스가 시작됩니다.
거친 파도와 예기치 못한 물살은 당신을 방해하는
장애물이 아니라, 당신을 더 넓은 세상으로 데려다줄
새로운 에너지입니다.
이제 당신만의 바다를 향해 뛰어들 준비가 되었나요?
스스로 물살을 만들어 나가는 당신의 뒷모습은,
그 자체로 이미 하나의 눈부신 길이 됩니다

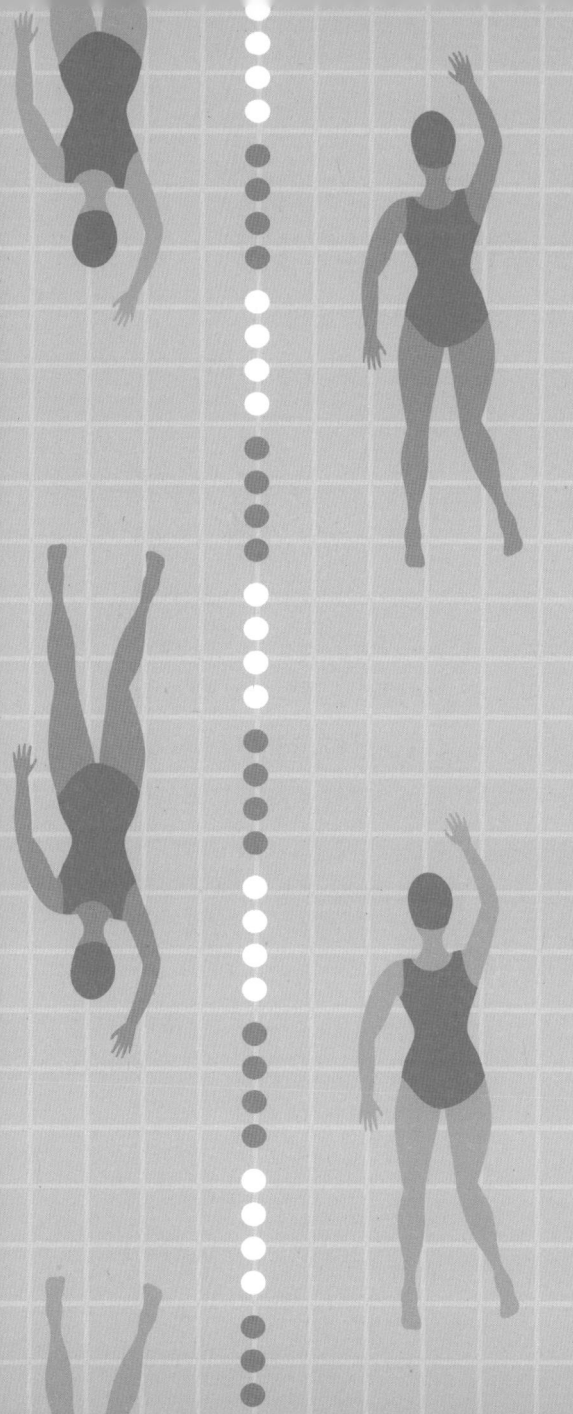

부 록

❶
수영이 좋은 이유 20가지

물속에서 건져 올린 인생의 문장들

1. 완벽한 고립이 주는 평온

물속에 잠기는 순간, 세상의 모든 소음은 차단된다. 오직 나의 거친 숨소리와 물결이 몸을 스치는 소리만 남는다. 스마트폰 알림도, 타인의 시선도 닿지 않는 이 평온한 고립은 복잡한 일상을 정화하는 최고의 명상이 된다.

2. 중력의 무게를 내려놓는 유일한 시간

우리는 평생 중력을 견디며 산다. 하지만 물속에서는 부력이 우리를 떠받쳐준다. 지상에서 느꼈던 몸의 무게와 마음의 짐을 잠시 내려놓고, 우주를 유영하듯 자유로워지는 경험은 수영만이 줄 수 있는 축복이다.

3. 가장 정직한 노력의 산물, 기록

수영은 요행을 바라기 힘든 정직한 세계다. 내가 물을 가른 횟수, 숨을 참아낸 인내, 매일 아침 차가운 물속으로 뛰어든 용기가 0.01초라는 숫자로 보답한다. 이 정직함은 흐트러진 삶을 다잡는 기준점이 된다.

4. 씻어내기 힘든 마음의 먼지까지

단순히 몸을 씻는 세척을 넘어, 물은 마음의 앙금까지 씻어낸다. 답답했던 고민과 억울했던 감정들을 강한 스트로크에 실어 보내고 나면, 샤워실을 나설 때의 몸과 마음은 이전보다 훨씬 가벼워져 있다.

5. 전신의 감각을 깨우는 정교한 대화

손가락 끝이 물을 잡는 느낌, 발바닥이 벽을 차는 압력 등 평소 무심했던 내 몸의 미세한 근육들과 대화를 나누게 된다. 수영은 내 몸이 가진 잠재력을 구석구석 확인하는 과정이다.

6. '디지털 디톡스'의 성소

강제로 연결을 끊어야만 하는 공간. 물속은 그 어떤 디지털 기기도 침범할 수 없는 최후의 보루다. 온전히 나 자신과 대면할 수 있는 이 단절의 시간은 현대인에게 가장 사치스러운 휴식이 된다.

7. 나만의 '인터벌', 완급조절의 미학

전력으로 질주하는 구간이 있으면, 반드시 천천히 숨을 고르는 테이퍼링 구간이 필요하다. 수영을 통해 우리는 무작정 달리는 법이 아니라, 언제 힘을 쓰고 언제 쉬어야 하는지 삶의 리듬을 배운다.

8. 계절을 잊게 하는 사계절의 활기

살을 에듯 추운 겨울에도 따뜻한 물속에 몸을 녹이며 여름의 에너지를 느낄 수 있다. 수영장은 계절의 우울감을 떨쳐내고 365일 생동감을 유지할 수 있게 해주는 마법 같은 공간이다.

9. 작은 성취가 모여 만드는 단단한 자존감

어제보다 한 바퀴 더 돌았을 때, 혹은 자세가 조금 더 교정되었을 때 느끼는 소소한 기쁨. 이 작은 성공들이 차곡차곡 쌓여, 물 밖의 험난한 세상을 버텨낼 단단한 자존감의 뿌리가 된다.

10. 출구 없는 고민에서 벗어나는 단순함

머릿속이 복잡할 때 수영은 최고의 해결책이다. '왼팔, 오른팔, 호흡'이라는 단순한 동작에 집중하다 보면, 어느새 비대해

졌던 고민들이 작게 쪼개져 사라지는 경험을 하게 된다.

11. 타인과 비교하지 않는 나만의 레인

옆 레인의 사람이 아무리 빨라도 나의 페이스를 잃지 않는 법을 배운다. 결국 수영은 타인을 이기는 경기가 아니라, 어제의 나보다 조금 더 나은 물살을 만드는 '나와의 싸움'이기 때문이다.

12. 물 밖으로 나올 때 느끼는 살아있음의 무게

운동을 마치고 물 밖으로 발을 내디딜 때 느껴지는 묵직한 중력. 그 묵직함은 역설적으로 내가 지구 위에 굳건히 발을 붙이고 살아있음을, 그리고 오늘도 한계를 넘었음을 온몸으로 증명한다.

13. 전신 운동이 주는 탄탄한 생명력

심폐지구력부터 근력까지, 수영은 우리 몸의 모든 계통을 조화롭게 발달시킨다. 거울 속에 비친 건강한 실루엣은 나 자신을 더 사랑하게 만드는 부수적인 선물이다.

14. 낯선 사람들과 나누는 무언의 연대

말 한마디 섞지 않아도, 새벽 수영장에서 함께 거친 숨을 몰아쉬는 이들에게서 느껴지는 동질감이 있다. 성실하게 삶을 가꾸는 이들 사이에서 얻는 긍정 에너지는 생각보다 강력하다.

15. 오픈워터, 경계를 허무는 모험심

수영장의 벽을 넘어 탁 트인 바다나 강으로 나아갈 때, 우리는 한계라는 틀을 깨부수는 카타르시스를 느낀다. 익숙한 곳을 떠나 미지의 세계로 나아가는 용기를 수영은 가르쳐준다.

16. 물이 주는 부드러운 위로

때로는 강하게 물을 밀어내야 하지만, 때로는 물의 흐름에 몸을 맡겨야 한다. 강압이 아닌 순응을 통해 나아가는 법, 물이 건네는 부드러운 위로는 딱딱하게 굳은 마음을 말랑하게 녹여준다.

17. 노화에 저항하는 가장 우아한 방법

관절에 무리를 주지 않으면서도 노화를 늦출 수 있는 최고의 운동이다. 백발이 되어서도 수영모를 쓰고 힘차게 물살을 가르는 노년의 수영인은 그 자체로 고귀한 아름다움을 뿜어낸다.

18. 깊은 수면으로 안내하는 천연 수면제

물속에서의 치열한 사투 끝에 찾아오는 기분 좋은 피로감은 그 어떤 약보다 뛰어난 숙면을 보장한다. 수영을 한 날의 잠은 유독 깊고 달콤하다.

19. 옷차림이 아닌 알몸의 본질로 마주하기

사회적 지위나 화려한 겉치레를 다 벗어던지고, 오직 수영복 한 벌과 나의 몸으로만 소통하는 시간. 본연의 나로 돌아가는 이 담백한 시간이 우리를 겸손하고 단단하게 만든다.

20. 나만의 우주를 유영하는 법

결국 수영은 나라는 존재가 물이라는 우주를 어떻게 유영할 지 결정하는 과정이다. 나만의 속도, 나만의 폼으로 끝까지 완 주해내는 기쁨. 수영은 우리가 우리 인생의 주인이 되는 법을 알려준다.

임다연 교수의 추천 수영 루틴

나만의 바다를 만드는 법

수영은 단순히 거리를 채우는 숙제가 아닙니다. 물속에서 내 몸의 감각을 깨우고, 어제의 나보다 조금 더 나은 물살을 만드는 '나만의 레이스'입니다. 초보자부터 숙련자까지, 삶의 에너지를 충전할 수 있는 세 가지 단계별 루틴을 제안합니다.

1. [입문자 루틴] 물과 친해지는 '적응의 시간'

처음 수영장에 발을 들인 분들에게 가장 중요한 것은 '물에 몸을 맡기는 법'을 배우는 것입니다. 조급함을 버리고 부력을 느끼는 데 집중해 보세요.

• Warm-up (5분): 걷기와 가벼운 발차기로 체온을 올리고 물

의 저항에 익숙해집니다.

- Main (15분): 킥판을 잡고 천천히 나아갑니다. 숨을 내뱉고 들이마시는 '음—파' 호흡의 리듬에만 집중하세요.
- Cool-down (5분): 힘을 빼고 물 위에 대자로 누워 봅니다. 중력에서 벗어난 자유를 온몸으로 만끽하는 시간입니다. 어렵다면 킥판을 안고 누워보세요.

2. [중급자 루틴] 나만의 페이스를 찾는 '성장의 시간'

이제 영법이 익숙해졌다면, 일정한 속도로 긴 거리를 완주하는 '지구력'과 '나만의 리듬'을 찾아야 합니다.

- Warm-up (100m): 가장 자신 있는 영법으로 천천히 몸을 풉니다.
- Drill (200m): 한 팔 수영이나 발차기 집중 훈련 등 다양하지만 단순한 드릴을 통해 흐트러진 자세를 교정합니다.
- Main Set (400m~600m): '인터벌(Interval)' 훈련을 도입합니다. 빠르게 50m를 가고, 10~20초간 숨을 고르는 과정을 반복하며 심폐지구력을 키웁니다.
- Cool-down (100m): 가장 편안한 배영이나 평영으로 호흡을 가다듬으며 마무리합니다.

3. [임다연 교수 추천] 삶의 감각을 깨우는 '몰입의 루틴'

제가 컨디션을 조절하거나 깊은 사유가 필요할 때 즐겨 하는 루틴입니다. 기록이라는 숫자보다는 내 몸과 물이 하나가 되는 '일체감'에 초점을 맞춥니다.

• Mindfulness Swim : 감각의 재발견

아무런 생각 없이 물속의 소리에만 집중하며 천천히 유영합니다. 오직 나의 스트로크가 물을 가르는 감각에만 몰입해 보세요. 만약 손에 잡히는 물의 압력을 더 세밀하게 느끼고 싶다면 주먹을 쥐고 수영(Fist Swimming)해 보는 것을 추천합니다. 손바닥이라는 넓은 면적을 포기했을 때 비로소 전완(팔뚝)에 걸리는 물의 무게가 선명해집니다. 또한 다리의 근육 움직임을 온전히 느끼고 싶다면 오리발(Fin)을 끼고 웜업을 해보세요. 평소보다 커진 저항을 밀어내며 내 몸의 근육들이 어떻게 살아 움직이는지 생생하게 경험할 수 있습니다.

• Pyramid Set: 인생의 오르내림 견디기

25m, 50m, 75m, 100m로 거리를 늘렸다가 다시 줄여오는 방식입니다. 점점 차오르는 숨을 견디며 정점을 찍고 다시 돌아오는 과정은, 삶의 오르막과 내리막을 묵묵히 견뎌내는 단단한 마음 근육을 길러줍니다.

• Finishing Touch: 오늘의 마침표

마지막 한 바퀴는 마치 결승선을 통과하는 국가대표가 된 것처럼 전력으로 질주합니다. 물 밖으로 나올 때 온몸으로 느껴지는 묵직한 중력과 성취감은, 오늘 하루를 다시 기운차게 살아갈 강력한 에너지가 됩니다.

저자의 한마디

"수영장에서의 한 바퀴는 인생의 한 페이지와 같습니다. 남보다 빨리 가는 것보다 중요한 것은 끝까지 내 레인을 완주하는 정직함입니다. 오늘 당신의 레인은 어떤 색이었나요?"

아레나 모델 임다연의 '수영 가방' 엿보기

필수 아이템과 관리법

9년이라는 시간 동안 아레나의 모델로 활동하고, 27년간 수영선수로 활동하며 수천 번 수영 가방을 싸고 풀었습니다. 수영장으로 향하는 발걸음을 가볍게 만들고, 소중한 장비들을 오랫동안 최상의 상태로 유지하는 저만의 노하우를 공개합니다.

1. 수영 가방 속 5가지 필수 아이템

• 나만의 전투복, '탄탄이' 수영복

연습량이 많은 분들에게는 내구성이 강한 폴리에스터 100% 소재의 '탄탄이' 수영복을 추천합니다. 염소 성분에 강해 쉽게 늘어나지 않으며, 몸을 단단하게 잡아주어 영법에만 집중할 수 있게 도와줍니다.

• 눈의 피로를 덜어주는 '미러 수경'

야외 수영이나 조명이 밝은 실내 수영장에서는 눈의 피로를 줄여주는 미러 렌즈 수경이 필수입니다. 특히 시야가 넓고 압박감이 적은 제품을 선택하면 장시간 수영에도 눈가 자극이 덜합니다.

• 머릿결을 지켜주는 '실리콘 수모'

실리콘 수모는 방수 기능이 뛰어나 수영장 물속의 염소 성분으로부터 모발을 보호해 줍니다. 착용 전 머리를 충분히 적신 후 쓰면 훨씬 부드럽게 착용할 수 있습니다.

• 부피를 줄여주는 '습식 타월'

일반 타월보다 흡수력이 몇 배나 뛰어난 습식 타월은 가방의 부피를 확실하게 줄여줍니다. 사용 후 물기만 짜내면 금세 다시 사용할 수 있어 매일 수영장을 찾는 분들에게 최고의 아이템입니다.

• 피부의 수분을 지키는 '애프터 스윔 케어': 수영 후에는 피부가 건조해지기 쉽습니다. 약산성 클렌저로 염소 성분을 깨끗

이 씻어내고, 수분감이 강한 보디로션을 듬뿍 발라 피부 장벽을 보호해 주세요.

2. 소중한 장비를 위한 '골든 타임' 관리법

많은 분이 수영복을 세탁기에 돌리거나 뜨거운 물로 헹구곤 합니다. 하지만 장비를 오래 아껴 쓰기 위해서는 몇 가지 원칙이 필요합니다.

• 찬물로 가볍게 헹구기

수영 후에는 즉시 찬물로 수영복에 남은 염소 성분을 씻어내야 합니다. 뜨거운 물이나 강력한 세제는 원단의 신축성을 떨어뜨리는 주범입니다.

• 비틀어 짜지 마세요

수영복의 물기를 제거할 때 강하게 비틀어 짜면 섬유가 손상됩니다. 마른 수건 사이에 끼워 톡톡 두드리며 물기를 흡수시킨 뒤, 그늘진 곳에 평평하게 펴서 말리는 것이 가장 좋습니다.

• 수경 렌즈 안쪽은 '절대 금지'

수경 안쪽의 안티포그(김 서림 방지) 코팅은 매우 예민합니다. 손가락이나 수건으로 문지르면 코팅이 벗겨지므로, 흐르는 물에 가볍게 헹군 뒤 자연 건조해 주세요. 만약 코팅이 다 벗겨질 정도로 오래 사용했다면, 새 수경을 사기 전 안티포그액을 골고루 발라 관리해 보세요. 장비의 수명을 늘리는 현명한 방법이 됩니다.

• 수모는 뒤집어서 말리기

실리콘 수모는 사용 후 내부의 물기를 닦고 뒤집어서 말려야 안쪽의 습기로 인한 곰팡이를 방지할 수 있습니다.

저자의 한마디

"좋은 장비를 고르는 안목만큼이나 중요한 것은 그것을 대하는 마음가짐입니다. 정성스럽게 관리한 수영복을 입고 레인 앞에 서는 순간, 이미 당신의 오늘 레이스는 성공적으로 시작된 것입니다."

Touchpad, Again
다음 레이스를 위한 준비

물이 주는 시간은 묘하다.

흐르지만 멈춘 듯하고, 고요하지만 가장 깊은 내면의 소리를 들려준다.

이 책을 쓰며 나는 선수였던 나, 코치였던 나, 그리고 교수이자 연구자인 지금의 나를 다시 만났다.

매 챕터를 채울 때마다 나를 휘감고 지나간 물살의 감각이 떠올랐고 숨이 차오르던 순간들과 나를 다시 일으켜 세운 호흡들이 되살아났다.

내게 수영이란 단지 '잘하는 것'이 아니라 '끝까지 계속하는 것'이었음을, 나는 이 글들을 통해 다시금 배웠다.

터치패드를 찍은 순간, 경기는 끝난다.

하지만 인생은 그렇지 않다.

터치한 다음에는 거친 숨을 고르고, 다시 다음 물결을 향해 몸을 던져야 한다.

이제 이 책 또한 나의 인생에서 하나의 '터치'다.

나는 잠시 숨을 고르고, 또 다음 물결을 향해 나아가려 한다.

당신이 지금 어떤 물속을 지나고 있는지 모르지만, 언젠가 나처럼 당신만의 거리를 기어이 완영해 내길 바란다.

저와 함께 헤엄쳐 주셔서 고맙습니다. 당신의 물살을 응원합니다.

_ 임다연

세상 모든 지식과 경험은 책이 될 수 있습니다.
책은 가장 좋은 기록 매체이자 정보의 가치를 높이는 효과적인 도구입니다.

갈라북스는 다양한 생각과 정보가 담긴 여러분의 소중한 원고와 아이디어를 기다
립니다.

– 출간 분야: 경제 · 경영/ 인문 · 사회 / 자기계발
– 원고 접수: galabooks@naver.com